Couverture (La Couverture)

LA VISITATION

A PÉRIGUEUX *17328*

AVANT 1789

ÉTUDE HISTORIQUE

PAR

Charles CONDAMINAS,

Ancien Conseiller,

Membre de la Société historique et archéologique du Périgord

PÉRIGUEUX

IMPRIMERIE CASSARD FRÈRES

Rue d'Enfer, 3, près de la Cathédrale

1891

IZ
28463.

La Visitation de Périgueux

Mgr de la Béraudière

Alexandre de Fonpitou

INSTITUT DE LA VISITATION

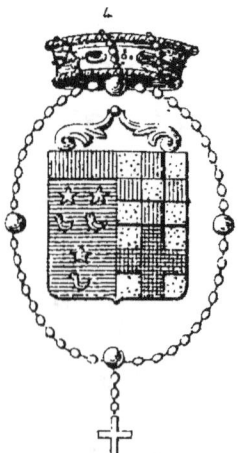

Fremiot Bnne de Chantal,

d'Angennes de Maintenon,

LA
VISITATION

A PÉRIGUEUX

AVANT 1789

ÉTUDE HISTORIQUE

PAR

Charles CONDAMINAS,

Ancien Conseiller,

Membre de la Société historique et archéologique du Périgord.

PÉRIGUEUX

IMPRIMERIE CASSARD FRÈRES,

Rue d'Enfer, 3, près de la Cathédrale

—

1891

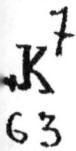

AVANT-PROPOS

La Visitation de Périgueux a sauvé des perquisitions révolutionnaires ses annales, son « registre des contracts permanents », où sont transcrits ses anciens titres et quelques pièces originales importantes. Une bienveillante communication m'ayant permis d'en prendre connaissance, j'ai pensé qu'on pouvait y puiser les éléments d'une page d'histoire locale et religieuse d'un véritable intérêt. Des recherches aux archives publiques m'ont fourni des données complémentaires : j'ai consulté avec profit le Livre Vert, mémorial des actes municipaux, les anciennes minutes notariales, et pour la période révolutionnaire, les procès-verbaux des agents de la commune, les séances du comité révolutionnaire et du directoire du département. Pour cette même période, il existe une notice rédigée par les religieuses et faisant suite aux annales. Quant aux livres, je citerai l'Année sainte, recueil des vies les plus remarquables des sœurs de la Visitation ; le Mémoire de 1775 sur le procès des francs-fiefs, le Tribunal révolutionnaire dans la Dordogne, où les commis-greffiers ont reproduit les procédures, ouvrant ainsi à l'histoire de ce temps une source d'informations aussi sûre que complète.

J'espère que mon travail sera favorablement accueilli

des dignes héritières de nos premières Visitandines et de tous ceux qui attachent du prix aux souvenirs du passé dans la province natale. A un point de vue plus général, il servira peut-être à montrer quel attrait exerçait partout sur ses contemporains l'Institut fondé par le grand et sage esprit de saint François de Sales, et par quels dons heureux il sut plaire à son siècle tout en portant avec lui les gages d'un long avenir.

Je dois ici exprimer ma reconnaissance à toutes les personnes qui m'ont prêté leur obligeant concours et en particulier à M. A. de Froidefond, le savant auteur de l'Armorial du Périgord, qui a bien voulu se charger du frontispice.

LA VISITATION A PÉRIGUEUX

———————

I.

ARRIVÉE DES RELIGIEUSES. — LEUR ÉTABLISSEMENT.

En 1632, dix ans après la mort de S. François de Sales, vingt-deux ans après la naissance de l'Institut de la Visitation, la Mère de Chantal comptait déjà plus de soixante maisons de sa règle, et le mouvement de propagation ne s'arrêtait pas. Une colonie sortit du monastère de Riom pour aller entreprendre une fondation à Metz. La supérieure, Marie-Catherine Chariel, d'une famille d'Auvergne distinguée, formée à la vie religieuse par la Mère de Bréchard, l'une des premières compagnes de Mme de Chantal, en reçut elle-même la direction. Elle emmena six personnes, parmi lesquelles une postulante de vingt ans, d'un nom illustre, d'une vertu déjà éprouvée, appelée à jouer un grand rôle dans l'avenir de la communauté naissante, Rose, fille de Charles d'Angennes, marquis de Maintenon. Le voyage fut long, l'établissement à Metz, très-laborieux : on était dans la dernière période de la guerre de Trente-

Ans, la Lorraine était envahie par les impériaux, la ville redoutait sans cesse un siège. En 1635 le péril sembla si pressant que les autorités invitèrent les religieuses à s'éloigner. Elles allèrent se réfugier à Paris, au monastère de la rue S. Antoine, habité par Mme de Chantal, qui leur donna des consolations accompagnées des vues d'un esprit prophétique sur leur destinée.

Au bout de quelques mois elle les envoya à Guéret, sur les instances d'un gentilhomme de la Marche, M. d'Estauzannes, dont la fille faisait partie de la colonie errante. Le tableau flatteur du pays et de ses ressources, que lui avaient inspiré les désirs de son affection paternelle, ne fut pas justifié par la réalité : la vie matérielle était difficile, les religieuses souffraient surtout de l'insuffisance des secours spirituels. Cependant les Sœurs y conservèrent leur établissement pendant quatre ans, au milieu de l'édification de tous, continuant à étendre, par le spectacle de leurs vertus, la bonne renommée de leur ordre.

Cette renommée avait pénétré de bonne heure jusqu'à Périgueux, car dès 1637 on avait songé à doter la ville d'une maison comme celle de Guéret ; mais l'œuvre ne fut réellement entreprise qu'en 1640. Deux membres du conseil de ville, M. Alexandre, sieur de Fonpitou, conseiller au présidial, et M. Martin, embrassèrent avec ardeur ce projet et y rallièrent les suffrages de leurs collègues. Une députation des magistrats municipaux fut donc dirigée sur Guéret pour demander l'envoi de quelques religieuses. La Mère de la Grave, qui était alors supérieure, et la Mère Chariel, devenue assistante, répondirent qu'elles se transporteraient elles-mêmes à Périgueux avec toute leur communauté. L'accord ainsi conclu, elles préparèrent discrètement une translation qui ne devait pas s'effectuer sans obstacles.

Le 2 octobre 1640 elles achetaient d'Yrieix de la Bermondie, escuyer, sieur de la Salvagie, demeurant au lieu de la Férilie, paroisse de Fanlac en Périgord,

« deux maisons et trois jardins audit lieu de la Salvagie, situé dans la Cité (1) de la présente ville, l'une vis-à-vis de l'autre, la rue entre deux, » confrontant à des propriétés de M. Duchêne, avocat du roi en la sénéchaussée et siège présidial et de MM. Moyne et du Reclus, chanoines. Le prix de vente était de cinq mille livres. Le contrat était passé « en la maison de M. M⁰ Hélies Alexandre, sieur de Fonpitou. » Les religieuses y étaient représentées par Messire Mathieu Darcelle, prêtre, curé de S¹-Jean-le-Vieil, à Bourges.

Le 8 janvier 1641, les maire et consuls prirent une délibération en forme pour approuver la fondation. On y rappelle l'accord déjà intervenu, l'acquisition faite par les religieuses dans la Cité, la nécessité d'une approbation de leur projet par l'autorité municipale pour qu'elles obtiennent leur *obédience*, c'est-à-dire l'autorisation des deux évêques intéressés : « Pour ce est-il, conclut cet acte, qu'en adhérant audict consentement cy-devant donné, nous déclarons agréer la translation de toutes les religieuzes estant audict Guéret et de leurs entiers revenus et biens dans la maison par elles acquise du sieur de la Salvagie, dans la Citté, pour y vivre suivant leur dict estatut, sans toutefois faire aulcune queste.... » Signé : Thenon, juge mage et maire, et autres.

L'approbation de l'évêque de Périgueux suivit de près celle du consulat.

Mais ce qui obtenait ici une faveur empressée soulevait à Guéret la plus vive opposition. L'annonce du départ de la communauté, nous disent les annales, avait jeté les habitants dans la consternation : les larmes coulaient, les gémissements se faisaient entendre à la

---

(1) On sait que Périgueux était alors partagé en deux villes, l'ancienne Vésone ou ville romaine, appelée la *Cité*, où se trouvaient la première cathédrale Saint-Étienne, l'évêché, les Arènes ; la ville moderne du Puy Saint-Front, dominée par la collégiale, qui devint bientôt la cathédrale Saint-Front.

pensée de perdre les saintes filles dont la présence était considérée comme un gage de la protection céleste. L'évêque de Limoges refusa longtemps *l'obédience* ; il ne céda qu'aux instances d'un religieux Augustin qui avait du crédit près de lui, le P. Romanet, allié à la famille de Fonpitou. La municipalité, partageant les sentiments de la population, essaya de retenir de force les religieuses à Guéret, en tenant les portes de la ville fermées pendant huit jours. Celles-ci feignirent de renoncer au départ et réussirent enfin à se mettre en route à la fin de janvier 1641. La colonie de sept personnes sortie de Riom comptait alors vingt-six membres.

Pour transporter personnel et matériel, on avait fait venir d'Auvergne quatre chariots et une litière. On voyageait à petites journées, s'arrêtant le soir dans des auberges où l'on ne trouvait que du pain noir à manger et de la paille pour se coucher. La caravane stationna pendant quinze jours au château de Vicq, en Limousin (près de Pierre-Buffière), où M. et Mme d'Auberoche la comblèrent de prévenances. Mais là les équipages venus d'Auvergne se retirèrent, et pour continuer le trajet, la troupe dut se partager en deux détachements.

Le premier, probablement le moins nombreux, partit sous la conduite de la Mère de la Grave, dans un carrosse à six chevaux envoyé par la marquise de Bourdeilles en Périgord, séjourna une semaine à Bourdeilles et de là se rendit au lieu qui était la résidence préférée des évêques de Périgueux, « le Château-l'Evêque. »

François de la Béraudière occupait alors depuis vingt-sept ans le siège épiscopal. Rempli d'une ardeur vraiment apostolique pour relever les ruines matérielles et morales faites par les protestants, il avait compris l'utilité des ordres monastiques à une époque où il fallait ramener les esprits par la puissance de la parole, toucher les cœurs par l'édification de l'exemple. Le fondateur des Récollets et des nouveaux Augustins, le réformateur de Chancelade, ne pouvait voir d'un œil indifférent l'arrivée des filles de S. François de Sales dans son diocèse. Il signala tout d'abord sa bienveillance à leur égard en leur donnant pour asile sa propre demeure, en premier lieu à Château-l'Evêque, où il les reçut en personne, ensuite au palais épiscopal de Périgueux, où il donna l'ordre de les loger provisoirement, en faisant sortir les gens de service (1). De l'évêché elles allèrent se placer chez les religieuses de S. Benoît (2), qui leur avaient offert une fraternelle hospitalité.

Cependant on travaillait à mettre la maison de la Salvagie en état de les recevoir ; mais avant d'en prendre possession, elles retournèrent à l'évêché pour attendre l'arrivée du second détachement, parti de Vicq sous la conduite de la Mère Chariel. Là était marqué le terme de leurs longues pérégrinations ; toutes les Sœurs allaient se trouver réunies et être reçues par la population, qui, instruite de la marche du convoi, épiait le moment de son entrée. Le carrosse apparut à deux heures du matin. Laissons parler ici l'annaliste dans le charme de sa simplicité.

Elles furent reçues avec une joie universelle de toute la ville : on avait allumé une si grande quantité de chandelles qu'on y voyait comme en plein jour, et il y avait tant de monde dans les rues que leur carrosse avait de la peine à passer ; et lorsque ces religieuses en descendirent elles craignaient de se perdre, tant la foule était grande autour d'elles, et se prirent à la robe l'une de l'autre pour éviter ce danger.

On entendait de tous côtés des cris de joie et d'actions de grâces de voir dans ce lieu des filles de S. François de Sales. Comme on n'avait jamais vu de filles de la Visitation, bien des gens voyant leurs croix se mettaient à genoux devant elles, frappant leur poitrine, et faisaient le signe de la croix comme s'ils avaient vu des autels.

Elles furent visitées par tout ce qu'il y avait de gens de mérite et de distinction ; tous étaient charmés de leur gaité et de leur modestie toute

(1) Ce palais était près de l'ancienne cathédrale Saint-Étienne, du côté du nord. Il avait beaucoup souffert, comme l'église elle-même, de la fureur des protestants en 1577. Il vit ses tours renversées, dit le P. Dupuy.

(2) A l'endroit où est maintenant le Lycée.

céleste, et l'on publiait partout qu'elles ressemblaient à des anges par l'édification qu'elles donnaient *et surtout par le silence qu'elles gardaient,* en sorte qu'il semblait qu'il n'y eût personne à l'évêché.

En signalant avec soin l'admiration causée à Périgueux par le silence observé dans une réunion de femmes, notre auteur semblerait faire une épigramme, sans le savoir, à l'adresse de celles du pays. Il ne pouvait parler, du reste, que des femmes du 17° siècle.

On était à la fin du Carême de 1641. Ce fut le dimanche des Rameaux, 24 mars, que se fit « la solennité de l'établissement des religieuses au lieu destiné pour fonder leur monastère, » dans les maisons de la Cité. Une chapelle y avait été disposée. La cérémonie fut présidée, au nom de l'évêque, par M. Martin, le membre du conseil de ville qui avait été l'un des promoteurs de la fondation. Il était entré dans l'état ecclésiastique après la mort de sa femme, il venait d'être ordonné prêtre et nommé père spirituel de la communauté. Il disait ce jour-là sa première messe. Le sermon fut prêché par un religieux Franciscain.

Ainsi fut établi le monastère de Périgueux : c'était le 83° de l'Institut. Au siècle suivant, les religieuses pouvaient dire avec vérité qu'elles n'avaient pas de fondateur (1), car c'était par leurs propres ressources qu'elles avaient pourvu aux charges de l'installation ; elles aliénaient ce qui leur appartenait à Guéret pour payer leurs acquisitions dans la Cité (2). Mais s'il n'existait pas de fondateur particulier, l'institution nouvelle était l'œuvre de tous, car chacun y avait apporté le concours de son dévouement. Appelée par le corps de ville, honorée de la haute faveur de l'évêque,

(1) Mémoire présenté en 1717 par les Visitandines à Mgr Pierre Clément.

(2) Contrat du 5 janvier 1643 portant quittance par M. de la Salvagle au moyen d'un transport sur un débiteur de Guéret.

accueillie avec d'éclatantes démonstrations de joie par la population, la petite tribu monastique trouvait le repos après ses longues agitations et recevait dès le premier jour ses droits de cité.

Les affiliations et les adhésions illustres à la congrégation nouvelle se produisirent de bonne heure. La première réception de novice eut lieu le 5 mai 1641 en faveur d'Honorette Fournier, fille d'un maître chirurgien de Périgueux (1). La marquise de Bourdeilles, si empressée à recevoir les religieuses dans son château, avait formé le projet de se rendre fondatrice du monastère, et d'y finir ses jours quand elle eut perdu son mari ; mais la mort vint l'enlever elle-même. Mme de Fonpitou donna au pensionnat de la Visitation les prémices de ses élèves, en lui confiant l'éducation de sa fille Catherine, âgée de onze ans. Elle devait donner plus tard sa personne à la communauté, non pas pour y vivre mais pour y dormir son dernier sommeil.

C'était la sœur du P. Romanet, Augustin, que nous avons vu intervenir près de l'évêque de Limoges pour obtenir l'*obédience*. Mariée à dix-neuf ans avec M. Alexandre de Fonpitou, celui qui partagea avec M. Martin l'initiative de la fondation, elle brilla par sa beauté, par les grâces de son esprit, dans les réunions mondaines, et elle avait pour ces divertissements un entraînement favorisé par ses succès. Mais quand on rentrait à la maison, son mari, chrétien fervent, la priait de faire une lecture dans l'*Imitation* ou dans un autre livre de piété, en lui disant : — Je vous ai accompagnée dans le monde pour vous plaire, il est juste que vous fassiez aussi un acte de complaisance pour moi. Ces lectures portèrent leur fruit ; la réflexion amena peu à peu le dédain des choses frivoles qui passionnaient la jeune femme et elle arriva à faire profession d'une austère piété, imposant à son corps d'effrayantes macérations.

(1) V. le n° 1er des Pièces justificatives.

L'année qui suivit la fondation de la Visitation, elle fut atteinte d'une maladie des plus graves : elle fit vœu, avec le consentement de son mari, de prendre le voile au couvent si elle guérissait, et en attendant, elle se fit admettre à prononcer solennellement dans sa demeure les engagements monastiques. La joie qu'elle en ressentit amena une amélioration passagère dans son état, puis le mal reprit le dessus. M. de Fonpitou, avec le courage d'une âme sainte, se chargea de la prévenir qu'elle devait se préparer « à entrer dans la maison de l'éternité. » Elle mourut le 30 octobre 1642, vérifiant sa prédiction « que pour la Toussaint elle serait à la Visitation vivante ou morte. » On l'inhuma dans le monastère sous l'habit religieux.

Son mari entra dans les ordres sacrés, devint directeur spirituel de la communauté, official et grand-vicaire de Périgueux. Son fils hérita de la charge paternelle de conseiller au présidial et ne se montra pas moins dévoué que ses parents pour l'Institut. Quant à la jeune Catherine, elle prit l'habit de novice à quatorze ans et fut élue supérieure en 1667.

En résumé, pendant l'administration de la Mère de la Grave, qui prit fin en 1646, treize novices furent reçues à la profession. La colonie de Périgueux commençait à coloniser à son tour. A l'imitation de cette ville, le corps municipal de Tulle envoya à la supérieure de notre monastère une députation pour obtenir des religieuses. La Mère de la Grave en accorda huit, les conduisit elle-même à Tulle, y resta six mois et revint après avoir établi sur des bases solides la nouvelle fondation.

II

La propriété de M. de la Salvagie ne pouvant suffire à l'habitation d'une communauté de quelque importance ni aux exigences de la vie claustrale, les religieuses, dès leur arrivée, songèrent à l'agrandir. Or, comme elles touchaient d'un côté à la voie publique, aux bâtiments et jardins de l'évêché, aux maisons des chanoines, elles ne pouvaient chercher un agrandissement que dans les anciennes Arènes (1), qui les limitaient du côté opposé et dont les ruines encore imposantes quoique livrées sans défense aux injures du temps se dressaient au milieu des propriétés privées et étaient considérées comme en formant une dépendance.

Elles achetèrent les unes et les autres. Quatre contrats qui se succèdent du 2 septembre 1641 au 9 janvier 1643 réalisèrent ces acquisitions. Il faut noter surtout celui du 29 novembre 1641, par lequel M. Duchêne, dont la propriété, comme nous l'avons vu, confrontait à la leur, vend « à M. Mᵉ Jean Martin, prestre, conseiller du roy, magistrat au siège présidial de la présente sénéchaussée, comme père spirituel des debuotes religieuzes les filles de la Visitation sainte Marie,... un clos et jardin près l'église cathédrale S. Estienne de la Citté, joignant l'amphithéâtre d'icelle, où y a maison, grange et cabinet de pierre de talhe ; ensemble *les antiques*

(1) Les anciennes Arènes de Périgueux dépassaient en étendue celles de Nîmes et présentaient environ 350 mètres de circuit ; elles pouvaient contenir vingt mille spectateurs. Il n'en reste plus aujourd'hui que quelques fragments encadrés dans un jardin public.

amphithéâtres ruinés et lieux enclos en iceux, le verger et vignes qui sont au-dellà... mouvant les dicts lieux de la fondalité des seigneurs à qui il appartiendra, sous la rente au prorata ; déclarant ledict sieur Duchêne n'avoir jamais payé d'autre chose de tout l'enclos dudict jardin que treize sols six deniers d'argent au chapitre de St Estienne ; — et à la maison commune de la présente ville deux boisseaux de froment et dix sols en argent pour raison des dicts amphithéâtres et enclos d'iceux. » Le prix de la vente est de 2750 livres.

Les Visitandines voulurent enfermer toutes leurs acquisitions dans la même enceinte et commencèrent à construire autour de l'amphithéâtre un grand mur qui interceptait un passage suivi par le public. Ce fut le point de départ de longs débats avec le corps de ville.

Le *Livre vert*, mémorial des actes municipaux, rapporte qu'en 1642 « les dames religieuses de la Visitation qui ont achepté divers héritages et même les jardins qui sont dedans et environ des amphithéâtres, voulant enclore le tout, avaient fermé le petit chemin par lequel on va dans lesdicts amphithéâtres ; ce qu'ayant été représenté en un conseil des trente prudhommes, il fust arresté que les sieurs maire et consuls ou aulcuns d'iceux iraient faire ouvrir ledit chemin et en empêcheraient la clôture, estant lesdicts amphithéâtres une très honorable marque d'ancienneté de la présente ville et citté qui se perdrait avec le temps si on permettait qu'ils fussent enclos dans l'enceinte que lesdites religieuses prétendaient faire. En exécution duquel arrêté deux des sieurs consuls furent avec plusieurs habitants et des plus qualifiez, faire ouvrir ledit chemin. Sur quoy il faut remarquer que les jardins qui sont dans l'enclos ou joignant alentour desdicts amphithéâtres sont de la fondalité et directité de la maison de ville à laquelle la propriété desdicts amphithéâtres appartient, les propriétaires des jardins joignant n'ayant que l'usage desdicts amphithéâtres. »

On voit quel était le terrain du litige. La ville refusait de laisser aux religieuses l'usage exclusif des Arènes à cause de son droit de seigneurie sur le fonds et à cause du danger de voir disparaître les derniers débris d'une glorieuse antiquité. Celles-ci répondaient que le droit de seigneurie n'avait pas empêché depuis longtemps la propriété de se transmettre par des aliénations, sous la réserve de la rente foncière ; que pour le monument en lui-même, profondément dégradé par le temps et par les licences indiscrètes du public, servant aux plus fâcheux usages, privé depuis des siècles de toute sauvegarde, il n'aurait pas à souffrir de leur possession ; qu'elles s'engageraient à l'entretenir et que par leurs soins la religion et la prière le purifieraient des souvenirs sanglants du paganisme et des souillures de l'immoralité laissées par l'époque actuelle.

Ces représentations ne furent pas accueillies et les choses restèrent en suspens jusqu'en 1644, époque à laquelle, sur la requête des religieuses et la délégation de Mgr de la Béraudière, M. Jonjay, official et vicaire général, vint dresser un procès-verbal descriptif des lieux, fort curieux à consulter (1). D'après ce document, le jardin primitif est très insuffisant, il mesure à peine deux tiers de journal ; il en est de même d'un terrain de quinze pas de longueur, servant d'allée et de cimetière. Il était donc indispensable d'acquérir les Arènes et il n'est pas moins nécessaire d'entourer le tout d'une enceinte de murailles, car, dit M. Jonjay, « nous avons trouvé ces amphithéâtres tout ruynez et quasy toutes les grottes entièrement démolies et beaucoup de vuide entre plusieurs d'icelles. » Il relevait les inconvénients du défaut de clôture : on venait observer les religieuses du haut des loges, on traversait leur terrain pour se rendre aux caves servant d'écurie à certaines personnes. « Ces lieux pouvaient servir de refuge aux larrons,

(2) V. le n° 2 des Pièces justificatives.

étaient ouverts à toute sorte de maulx et il s'y était ci-devant commis beaucoup de noires et infâmes actions. »

Le vicaire général approuvait donc la construction commencée et traçait la direction à suivre pour compléter la clôture. Le mur devait partir « de l'entrée du jardin du sieur Duchêne, proche le vieux clochier de l'esglize cathédrale tirant le long des muralhes de l'entier reffectoire de MM. les chanoines de ladicte esglize » passer « le long et au-dessoubz les muralhes de l'entier jardin du chasteau episcopal, » et se détourner « tout le long du grand chemin public qui va de la place appelée d'Entre les deux Villes au couvent des pères Jacobins d'un côté, et de l'autre, au moulin du Rousseaud. »

Ce procès-verbal, daté du 1er avril, fut homologué dès le 4 par une ordonnance épiscopale. Mais le corps de ville ne voulait se rendre ni aux vérifications, ni aux actes de l'autorité ecclésiastique.

Que firent les religieuses ? Elles ne se découragèrent pas, dit une de leurs relations ; « elles eurent recours au Ciel avec tant de confiance que Dieu leur fit accorder ce qu'elles n'avaient pu obtenir par leurs actives démarches, leurs humbles requêtes et la faveur de leurs amis. » Une assemblée tenue à la maison de Ville le 27 juillet 1644, sous la présidence de Jacques de Gravier, sieur de Puygrand, conseiller au siège présidial et maire (1), arrêta « qu'il seroit permis et loizible aux dictes religieuzes de ranfermer dans leur clôture le chemin par lequel on avoit acoustumé de se rendre aux amphi-théâtres, de la mesme sorte qu'elles ont fermé le restant de leur enclos. »

La délibération adopte les motifs invoqués par les Visitandines sur l'étendue de leur droit de propriété, leur besoin de clôture, l'intérêt de la morale ; elle recon-

(1) V. les Pièces justificatives, n° 3.

naît à leur suite que le monument délaissé n'a rien à perdre entre les mains d'un vrai maître et elle ajoute des considérations qui attestent un heureux réveil de la sollicitude des magistrats pour l'honnêteté publique en même temps que leur estime pour la communauté fondée par leurs soins :

Considéré que le public n'est autrement intéressé dans lestat ruineux où sont à présent les dicts lieux, et heust égard aux grands et notables inconvéniants qui pourroient arriver par louverture d'icelluy chemin soit pour le particullier des dictes filles religieuzes et dont la clotture se recognoit empeschée par ce moyen et le libre exercice de leurs fonctions retranché ; soit encore pour obvier aux grandz maux et offances qui y pourroient estre commizes contre lhonneur de Dieu a quoy les magistrats doibvent avoir un particulier soingt ; — et veu d'alheurs le bon exemple et satisfaction que lesd. filhes ont randu au public par leur vertu et debvotion...

La cession des Arênes est néanmoins subordonnée à certaines conditions qui ont pour but la conservation des ruines encore debout et le maintien des droits de suzeraineté de la ville. Il est interdit aux religieuses « de desmolir ce quy reste desdictes grottes, ny oster ou transporter aulcunes pierres dycelles pour quelque cause que ce soit. » La rente foncière de deux boisseaux de froment et huit sols d'argent est réservée : les religieuses la rachetèrent pour *huit vingt* livres à la fin de cette même année. Quant à la suzeraineté honorifique, elle se manifestera par la réception d'un hommage d'un caractère religieux et féodal. Chaque année, au 25 août, fête de S. Louis, les religieuses feront célébrer une messe pour la prospérité des maire, consuls et habitants : les membres du consulat y assisteront « avec leurs livres (1) », et au commencement de la messe il sera offert au maire par la supérieure un cierge de cire blanche du poids d'une livre. Cette offrande, d'après la proposition des religieuses, non contredite

(1) Livrées ou insignes.

dans l'acte de cession, se fera « par le treillis ou grilhe de l'esglize. »

L'hommage fut rendu pour la première fois le 25 août 1644, dans la forme convenue : le *Livre vert* le constate et nous fait connaître qu'à cet effet, « Messieurs allèrent avec leurs chaperons en l'église des Dames de la Visitation à la Cité. » La cérémonie symbolique destinée à perpétuer les liens formés par la première institution, s'accomplit régulièrement jusqu'en 1725 : cette année-là, les maire et consuls, se refusant à recevoir l'hommage par la grille, exigèrent que les portes de la clôture leur fussent ouvertes, afin de s'assurer si le vieux monument était bien entretenu : « Ils entrèrent, dit l'annaliste, accompagnés de plusieurs personnes qui commirent une infinité d'insultes. » Les religieuses firent leurs protestations, saisirent de l'affaire le conseil privé du Roi avec l'appui de Mgr d'Argouges, et obtinrent le 5 octobre 1726 un arrêt qui décidait que l'hommage serait rendu dans la forme déterminée par la convention de 1644, réservant toutefois la faculté de faire entrer un de Messieurs de la ville avec un expert pour procéder à la visite des Arènes.

Cette sentence ne satisfit pas les administrateurs, qui persistèrent à refuser l'ancien hommage. Ce fut seulement au bout de 42 ans, en 1768, qu'ils prirent une délibération tendant à faire revivre la tradition abandonnée, en exécutant l'arrêt de 1726. Mais cette résignation tardive paraît avoir été inspirée par le seul désir de mettre en évidence les doits de suzeraineté de la ville dans le procès dit des *francs-fiefs*, où la communauté des habitants de Périgueux défendait contre le fisc les immunités qu'elle possédait comme jouissant de la noblesse et ayant de nombreux fiefs dans sa mouvance. Les aveux et dénombrements de 1667 et de 1775 mentionnent le monastère de la Visitation comme étant l'un de ces fiefs : « les religieuses, dit le relevé de 1667, doivent un cierge blanc d'hommage et faire dire une messe pour la prospérité des maire, consuls et habitants. »

Comment fut observée l'obligation de ne rien démolir ni transporter aucune pierre des grottes ? La description des Arènes, faite en 1696 par une des religieuses, va nous édifier sur ce point :

Les restes de ce vaste édifice sont fort beaux. On ne dirait pas, à les voir à l'intérieur, qu'ils sont si anciens ; le travail en est parfait ; toutes les pierres, taillées de même mesure, font au milieu une rondeur agréable à la vue. Ce sont des grottes, dont plusieurs se trouvent sur terre et les autres dessous ; celles-ci étaient destinées à renfermer les bêtes féroces pour servir aux jeux et aux spectacles. C'est dans ces jeux cruels qu'ils déchiraient les criminels ou les chrétiens qu'on exposait pour amuser le peuple et assouvir la rage des tyrans. L'arène a été si fort imbibée du sang humain que cet endroit produit encore certaines pierres assez semblables au corail... Il en a paru plusieurs en cette année 1696.

Les grottes ont en longueur vingt, trente, quarante et jusqu'à quatre-vingts pieds ; les murailles en ont cinq à six d'épaisseur. Les voûtes sont belles et en pierres plates et les souterrains en briques d'une épaisseur et d'une grandeur surprenantes. Ces grottes sont plus curieuses que celles qui sont sur la terre ; mais comme l'entrée en est difficile, peu de personnes les ont vues. Diverses fouilles ont fait trouver beaucoup de médailles de cuivre à l'effigie de Pompée et de César, des dents de bêtes féroces, comme de lions, de tigres, de léopards, etc.

Notre église a été bâtie de pierres de tailles découvertes dans les terres avec plusieurs belles figures de hauteur naturelle, en bas relief ; il y avait entre autres une reine captive dans les chaînes. La beauté de son visage, où la douleur était vivement peinte, donnait l'admiration, de même que plusieurs fausses divinités telles que Mercure, Hercule et Diane tout armés. Il y avait encore d'autres statues, le tout d'un travail achevé, avec des figures parlantes.

Le débat qu'il y eut entre plusieurs personnes de distinction pour les avoir, fut cause qu'on les mutila et qu'on employa les pierres au bâtiment de l'église, quoiqu'on eût souhaité conserver ces antiquités.

Les matériaux d'une église entière empruntés aux Arènes et des chefs-d'œuvre de sculpture brisés pour servir à la maçonnerie, ce sont là des faits que la convention de 1644 n'autorisait pas, que la science et l'art doivent singulièrement regretter. Il faut observer toutefois, à la décharge des Visitandines, que ces actes ont eu de nombreux complices. La construction de l'église dura trois ans ; la première pierre fut bénite solennellement par l'évêque : deux architectes se succédèrent pour diriger les travaux : les autorités et la population entière en eurent connaissance, comme le prouve précisément le conflit des convoitises excité par la découverte des statues. Ceux qui voulaient se les faire attribuer aimèrent mieux les voir détruire que de les abandonner à d'autres ; il est probable que dans cette mutilation l'initiative n'appartint pas aux religieuses et que la faute fut dans la négligence commune, dans la tolérance du corps de ville lui-même, trop habitué aux spectacles du vandalisme impitoyable pratiqué par les protestants dans les églises catholiques.

Si l'on retira du sol tout ce qui put servir à la construction commencée, il ne paraît pas du moins qu'on ait rien démoli de ce qui était encore debout. Mais pour donner à plusieurs loges et à tout l'ensemble une destination pieuse, on pratiqua des aménagements qui obligèrent à fermer l'ouverture des voûtes ou à pratiquer des constructions sur les parties supérieures. La description continue ainsi :

Afin de remplir l'intention de Messieurs les magistrats, qui était de sauctifier l'amphithéâtre, on en a destiné une partie à la représentation des lieux saints, et pour mieux conserver les grottes, on a bâti de petites chambres au-dessus. L'une d'elles représente la maison de Nazareth qui est aujourd'hui à Lorette ; il y a un autel, une cheminée, une fenêtre se rapportant au plus près à l'original. A côté est une assez grande chapelle dédiée à l'Assomption de Notre-Dame ; un peu plus au-delà est la salle du Cénacle ; dans un autre endroit plus bas se trouve un petit jardin qui figure celui des Olives, joignant lequel est une grotte de quarante pieds de longueur sur huit ou dix de largeur ; on y a représenté Notre-Seigneur dans son agonie.

L'échelle sainte (escalier) de vingt-huit marches, en est assez éloignée. Au-dessus est la prison, où l'on voit le bon Jésus, de grandeur naturelle, assis, lié et garotté : sa vue imprime la douleur et la vénération.

A quelques pas de là est le prétoire ; la flagellation est représentée dans une autre grotte plus basse. Ce lieu porte à la dévotion et au repentir : on y voit une colonne haute de quatre pieds, le Sauveur y est attaché et deux bourreaux le fouettent cruellement. De là, on prend le chemin du Calvaire, qui est un peu éloigné, sur une éminence. Au-dessus est une grotte spacieuse dédiée au Saint Sépulcre. Au milieu est une élévation de forme ronde, couverte de mousse qui s'y entretient par l'humidité ; on y a planté une croix de huit ou dix pieds de hauteur, qui porte les instruments de la Passion. Au fond est une sainte Madeleine, dans une grotte semblable à celle de la sainte Baume. Cet endroit est le plus beau et le mieux conservé.

Aux environs se trouvent plusieurs chapelles, où l'on n'a eu qu'à dresser des autels ; il en a été de même pour deux grandes grottes qui servent de sépulcre, l'une desquelles a quelque rapport avec le tombeau de la Sainte Vierge qui est dans la vallée de Josaphat. Au-dessus se voit le désert de saint Jean, qui est très élevé ; celui de la sainte Quarantaine l'est un peu moins ; les monts de Sion, d'Olivet et de Thabor s'y remarquent ; le chemin en est difficile : ils sont couverts de verdure et fort agréables.

Le tout a été disposé par un de nos amis que sa piété avait porté à faire le voyage de la Terre-Sainte.

C'est ainsi que les Visitandines croyaient répondre au désir de magistrats chrétiens, en se ménageant à elles-mêmes l'attrait de faciles pèlerinages.

Une science scrupuleuse leur aurait demandé de respecter la physionomie historique des Arènes, mais cette science existait à peine ; malgré ses progrès récents elle reste souvent impuissante à réaliser ses vœux. Les religieuses s'étaient rappelé que parfois les premiers chrétiens conservaient pour l'avenir les temples païens en les consacrant au vrai Dieu ; lorsqu'elles transformaient les Arènes, les couvraient même en partie de leurs constructions, elles en soutenaient pourtant les débris et il est permis d'affirmer que ce n'est pas le temps de leur possession qui a été le plus funeste au ruineux monument.

III.

LA FRONDE. — LA MÈRE DE MAINTENON.

Il ne fut pas toujours au pouvoir des religieuses de préserver l'amphithéâtre de graves dommages. A l'époque de la Fronde, trois corps de garde furent établis dans les Arènes et y séjournèrent un mois. Mais ce n'était là qu'un médiocre incident de cette période troublée : les campagnes dévastées tour à tour par les partisans de Condé et les soldats de l'armée royale, les églises saccagées, les monastères envahis, la terreur et la famine régnant dans toute la province, tels étaient les lamentables effets de la guerre civile. Périgueux tomba, en 1652, au pouvoir du marquis de Chanlost, lieutenant de Condé, qui pendant deux ans y exerça une véritable tyrannie. Les habitants redoutaient les horreurs d'un siège, et dans leurs alarmes, ils vinrent à la Visitation, avec leurs magistrats à leur tête, faire un vœu à François de Sales.

Les communautés établies hors des murs du Puy-Saint-Front abandonnaient leurs couvents pour chercher un abri dans l'intérieur de la ville. Les Visitandines ne voulurent pas les imiter, préférant, dirent-elles, l'observance de la clôture à la sûreté de leurs personnes.

La supérieure était alors la Mère de Maintenon, élue en 1652 pour succéder à Marie-Pacifique Collet. Il faut nous arrêter un instant devant cette noble et sainte figure, bien digne du siècle qui réunit souvent dans un même sujet ces deux grandeurs.

Elle était née en 1610, du mariage de Charles d'Angennes, marquis de Maintenon (1), d'une illustre famille du Perche, et de Julie de Rochefort de Salvert, dame de Saint-Gervais, en Auvergne. Elle avait cinq ans lorsque son père, ambassadeur de Louis XIII, traversant la ville de Saintes, y mourut d'une attaque d'apoplexie. Quelques instants avant de succomber, il annonçait avoir vu en songe sa femme et ses cinq enfants, mais surtout *sa petite Rose* vêtue d'une robe éclatante parsemée d'étoiles, avec une palme à la main et une couronne sur la tête.

Rose était celle qui nous occupe. Placée dans un couvent pour son éducation, elle manifesta de bonne heure le désir de la vie religieuse. Sa mère, pour l'en détourner, se hâta de la produire dans le monde et de la présenter à la cour de Marie de Médicis, où elle brilla par les charmes de sa personne et les dons heureux de son esprit. Les demandes en mariage survinrent : il y en eut une qui ébranla son cœur, ce fut celle-là que la marquise de Maintenon refusa d'agréer.

Le jeune gentilhomme éconduit déclara sa passion avec tant de violence que Rose, effrayée, prit devant Dieu la résolution de rompre avec le monde. Elle entra à la Visitation de Riom, elle s'attacha à la petite colonie que nous avons vue partir de là pour Metz, en 1632 : dans ces deux villes elle fut en proie à de cruels déchirements, partagée entre la douleur d'une affection brisée et l'attrait vers la vie parfaite. Une force surnaturelle lui fit tout surmonter.

Elle prit l'habit de novice à Metz en 1633, au milieu d'une immense assistance de tous les rangs de la société, peuple, magistrats, noblesse, clergé. Lors-

(1) Il n'existait aucune parenté entre cette famille et Françoise d'Aubigné, veuve Scarron, dame d'atours de Mme la Dauphine, pour qui Louis XIV fit acheter de François d'Angennes le marquisat de Maintenon en 1674. Ce fut la célèbre Mme de Maintenon.

qu'elle traversa la cathédrale, magnifiquement parée, avec une démarche pleine de modestie et de distinction, une grande rumeur s'éleva dans cette foule : — Pourquoi, disaient les uns, cacher sous un voile une personne si accomplie ? Sortez, Mademoiselle, sortez ! — Non, répondaient les autres, puisqu'elle a tant fait, laissez-la : si elle persévère, ce sera une sainte.

Dès le lendemain, la sœur Rose-Angélique — ce fut son nouveau nom — affirma cette persévérance dans la voie des séparations volontaires. Elle fait tomber sous les ciseaux sa riche chevelure, elle se dépouille de tous les objets précieux qu'elle possède, renonce à l'héritage que lui promet sa grand'mère si elle veut sortir du couvent ; elle fait annoncer au jeune homme qui l'aimait et qui a demandé de ses nouvelles, qu'elle a prononcé des vœux irrévocables ; elle recherche toutes les mortifications que peut lui apporter sa vie nouvelle. Atteinte de la petite vérole, elle entend deux religieuses dire à côté d'elle : — Je souhaite qu'elle soit si bien marquée que cela lui ôte l'envie de rentrer dans le monde. — Si la beauté manque, réplique-t-elle vivement, l'esprit y suppléera. Mais aussitôt réprimant cette saillie d'une fierté naturelle : — Mon Dieu, dit-elle, je ne tiens point aux avantages que pour l'amour de vous j'ai cachés sous le voile : cependant je vous demande de n'être point gravée, parce qu'on pourrait croire que c'est la perte des agréments extérieurs et non le désir de faire votre volonté qui me retient à votre service.

Cette prière fut exaucée ; mais les souffrances de la maladie, accompagnées d'un redoublement de ses angoisses intérieures, lui firent accomplir de nouveaux progrès dans la vertu.

Elle fit profession en 1634, suivit à Paris la petite communauté renvoyée de Metz et sentit grandir son affection pour elle en partageant ses épreuves. Lorsque la Mère de Chantal voulut en disperser les membres dans différents monastères, Rose-Angélique se jeta à ses pieds en pleurant et la supplia de la laisser vivre avec sa première famille monastique. La Mère de Chantal la releva et l'embrassa : — Ma fille, lui dit-elle, votre cœur affligé me touche ; je vous aœcorde ce que vous demandez. Demeurez toujours unie à votre communauté.

Bientôt l'on partit pour Guéret, où Rose-Angélique s'applaudissait de vivre dans l'obscurité : elle ne quitta cette ville qu'avec regret. A Périgueux, ses relations avec toute la noblesse de la contrée l'obligèrent à faire violence à sa modestie, mais elles furent précieuses à la communauté, à qui elles procurèrent des protecteurs et des appuis.

Devenue supérieure, son intervention et son influence furent encore d'un plus grand secours dans ces temps difficiles : étant connue des principaux chefs des armées en présence, elle obtenait des exemptions de charges pour les personnes de la maison, des saufs-conduits pour les convois de vivres. Un jour cependant, deux domestiques conduisant des chevaux chargés de blé furent arrêtés par des soldats de l'armée royale : on leur montra un cadavre pendu à un arbre, et en gardant l'un des deux comme ôtage on envoya l'autre à la supérieure avec injonction de fournir une forte rançon si elle voulait sauver de la corde le prisonnier. L'émotion fut grande au monastère, où l'argent manquait absolument pour satisfaire à cette brutale exigence. La Mère de Maintenon adressa de ferventes prières à la Sainte Vierge et à saint Léonard, qu'elle aimait à invoquer dans les grands périls. Le lendemain matin on frappait à la porte ; c'était le prisonnier qui s'était évadé la nuit, en sautant par une fenêtre très élevée, sans se blesser.

Mais la supérieure, pour prévenir le retour de pareilles violences, adressa ses plaintes aux commandants de l'armée royale, exposant que les saufs-conduits accordés aux personnes de sa maison n'avaient pas été respectés. Ceux-ci lui firent présenter leurs excuses, renvoyèrent les chevaux et le blé et donnèrent un dédommagement au domestique maltraité.

Le monastère fut souvent investi militairement et dut subir, comme nous l'avons vu, la présence de plusieurs corps de garde. Il reçut même la visite du marquis de Chanlost, le gouverneur si redouté. Ce personnage se présenta en colère à la porte, menaçant de l'enfoncer si on ne lui ouvrait pas à l'instant, sans attendre que la supérieure fût prévenue. Il franchit la clôture, suivi d'une troupe d'officiers et de soldats, et se rendit aux Arènes. Deux fois pendant qu'il les parcourait, des masses de pierre se détachèrent du haut des loges et tombèrent à ses pieds. Il se modéra alors et fit ses excuses à la Mère de Maintenon, que le prince de Condé lui avait recommandée comme étant sa parente ; il allégua que s'il était entré aussi brusquement, c'était pour surprendre des soldats ennemis cachés dans les Arènes. On ne trouva d'autres ennemis qu'une religieuse qui s'enfuit en baissant son voile.

En sortant, Chanlost dit à la Mère de Maintenon : — Vous seriez bien surprise, Madame, si après avoir quitté tant d'honneurs et de richesses, et mené une si sainte vie dans le cloître, vous ne trouviez pas un Paradis ! — Mais vous, Monsieur, répondit-elle, vous serez bien plus surpris si après votre mort vous trouvez un Enfer.

Chanlost mit le comble à l'irritation des esprits contre lui en faisant arrêter les principaux habitants de la ville pour les empêcher, disait-il, de se rendre à l'ennemi. Il s'attaqua aux monuments religieux déjà si odieusement mutilés et saccagés par les protestants. La cathédrale Saint-Etienne, ruinée en 1577, partiellement restaurée en 1615, n'avait plus que deux coupoles et le clocher : il voulut la détruire entièrement. La

Mère de Maintenon aperçut un jour une foule de gens occupés à démolir les galeries supérieures et elle eut une inspiration prophétique : — Monsieur le commandant, dit-elle, s'en prend à l'église, il périra ; qu'il prenne garde que saint Etienne ne lui lance du Ciel quelque pierre.

Trois jours après, le 16 septembre 1653, éclatait la conjuration de Bodin ; Chanlost était frappé à mort, et Périgueux, délivré par la résolution courageuse de ses citoyens, rentrait sous l'obéissance royale.

Modèle de charité, la Mère de Maintenon se retranchait une partie de sa nourriture pour donner davantage ; elle sollicitait des secours près des personnes amies. Un jour elle ordonna de retirer du four un pain qui cuisait, pour ne pas faire attendre un malheureux affamé.

Les victimes de la guerre civile n'eurent pas de bienfaiteur plus dévoué. On connaissait si bien sa générosité et son crédit près des chefs des deux partis qu'on recommandait à sa protection aussi bien les prisonniers de Chanlost que ceux de l'armée royale.

— Il paraît, dirent un jour des soldats à la Sœur portière, que votre communauté est la plus pauvre de la ville, mais qu'elle est aussi la plus charitable ; c'est pourquoi nous venons vous recommander un jeune officier de l'armée du Roi, homme de qualité et huguenot, qui est ici prisonnier et qui avec beaucoup d'autres a été dépouillé et maltraité. Il est tombé malade, et comme il a le *pourpre*, tout le monde l'abandonne. — La Mère de Maintenon, émue de compassion, s'occupa aussitôt de faire cesser la captivité de l'officier, lui ménagea un asile près du couvent et veilla à ce qu'il y reçût tous les soins désirables. En même temps elle entreprit de le ramener à la vraie foi et le confia à un jésuite qui l'instruisit, reçut son abjuration et lui fit faire sa première Communion. Alors sa bienfaitrice lui fournit du linge et des habits et lui obtint un sauf-conduit pour retourner à l'armée royale.

Dans l'administration temporelle du monastère, sa capacité n'éclata pas moins que son éminente piété. M. Alexandre de Fonpitou, devenu Père spirituel de la Visitation (1), disait qu'elle était capable de gouverner non-seulement une maison, mais un ordre religieux tout entier. Elle excellait à discerner les aptitudes des novices et à les instruire ; elle apprenait pour pouvoir enseigner les autres ; douée d'une grande facilité pour le travail, elle apprit à dessiner sans maître.

Elle trouva la maison pauvre, obérée par l'effet de la guerre et de la misère des temps. Elle prit le parti d'augmenter la dot exigée des novices et réalisa ainsi des épargnes sur les dix réceptions qu'elle fit prononcer. Elle abandonnait entièrement à la communauté la pension de deux cents livres que lui servait la marquise sa mère et les libéralités qu'elle recevait de sa sœur la marquise de Fontaines de Régus et de sa tante la maréchale d'Aumont.

Les qualités que le monde avait admirées chez elle n'avaient fait que grandir en s'épurant dans le cloître : on était charmé de son aménité, de l'onction de ses discours, de sa belle voix au chœur, de sa tendre affection pour ses compagnes.

Ses fonctions de supérieure cessèrent en 1658, après le double triennal d'usage (2). Six ans après, la douleur, à laquelle on l'avait vue se dévouer en entrant au noviciat, posait pour la dernière fois la main sur elle. Une maladie se déclarait, qui devait pendant dix-

---

(1) On se rappelle que M. de Fonpitou avait été ordonné prêtre après la mort de sa femme. (Voir p. 12.)

(2) A la Visitation, comme dans beaucoup de communautés, la Supérieure est élue pour trois ans et peut être réélue une fois : elle redevient éligible quand sa remplaçante est sortie de charge.

sept mois la consumer par un long martyre. Mais à mesure qu'elle voyait son corps se dissoudre, elle donnait à son âme un plus généreux essor ; quand elle s'était écriée, dans l'excès de la souffrance : — O Dieu, votre main s'est bien appesantie sur moi ; elle reprenait aussitôt : — Vous êtes juste, saint et miséricordieux : je vous demande pardon de ces retours de la nature.

Le 22 décembre 1665, n'ayant plus qu'un souffle de vie, elle se fit transporter de son lit sur une chaise et après avoir prononcé les noms de Jésus, Marie, Joseph, s'éteignit à la suite d'une courte et tranquille agonie. Les mémoires contemporains nous disent que son visage resplendit alors d'une nouvelle beauté. Un saint jésuite, que l'on appelait l'*Ange du collège de Périgueux*, déclara l'avoir vue en songe au rang des martyrs. En 1671, lorsqu'on ouvrit son tombeau pour y placer les restes de la Mère de Gondras, tout le monde fut surpris du parfum qui s'en exhala, et les ouvriers dirent : « Il fallait bien que la Mère de Maintenon fût une sainte. »

IV.

LES CONSTRUCTIONS. — LES DÉVOTIONS POPULAIRES.

LE PENSIONNAT.

Les troubles de la Fronde étant apaisés, une ère de
régénération s'ouvre pour la France dans la seconde
moitié du xviiᵉ siècle : à côté de la gloire des armes
et des lettres se manifeste un admirable travail de
restauration religieuse. A Périgueux, deux évêques le
favorisèrent puissamment pendant une administration
où le temps leur permit de beaucoup accomplir :
Guillaume Le Boux (1) (1667-1693), qui réunit les deux
chapitres de Saint-Etienne et de Saint-Front, réforma
la discipline, fit refleurir la science et la piété dans le
clergé ; — Daniel de Francheville (2) (1693-1702), qui
exerça sur son peuple l'ascendant de la vertu et le
prestige d'une inépuisable charité. Ils continuèrent
l'œuvre de François de la Béraudière dans un diocèse
encore couvert de ruines et ils montrèrent, comme lui,
une bienveillance marquée pour la Visitation. Elle se
recommandait déjà par un illustre passé : elle tendait
à devenir l'un des centres préférés de la dévotion
populaire.

Parmi les supérieures qui se succédèrent depuis la
mort de la Mère de Maintenon jusqu'à la fin du siècle,
il en faut distinguer trois à qui leur nom ou les

(1) Né aux environs de Saumur, oratorien, prédicateur de Louis XIV,
d'abord évêque d'Acqs puis de Mâcon.

(2) D'abord avocat-général au Parlement de Rennes. Donna à la ville
de Périgueux le terrain de la « place Francheville. »

circonstances de leur vie méritent une mention particulière.

Marie-Gabrielle de Gondras des Serpents de la Guiche, qui gouverna le monastère de 1664 à 1670, était une des élèves les plus affectionnées de la Mère de Bréchard, qui avait coopéré, avec Mme de Chantal, à la fondation de l'Institut. Elle avait fait partie de la colonie sortie de Riom. Elle avait, disent les Mémoires, un cœur vraiment royal par la charité, se dépouillant de tout pour soulager les pauvres. Elle eut la joie de faire célébrer la canonisation de saint François de Sales, en 1667, et de commencer la construction de l'église, en 1668.

Catherine-Joseph Alexandre de Fonpitou remplit la charge de supérieure à trois reprises différentes, de 1670 à 1673, de 1679 à 1682 et de 1685 à 1688. Nous savons qu'elle avait été confiée aux Visitandines dès l'âge de onze ans, et admise au noviciat à quatorze. Deux ans plus tard, en 1646, elle prononçait ses vœux entre les mains de son père, supérieur de la communauté. M. de Fonpitou exerça ces fonctions jusqu'à sa mort, arrivée en 1657. La distinction de son caractère, le charme de sa piété, l'onction de sa parole, la sagacité dont il fit preuve dans l'administration spirituelle et temporelle de la maison y firent vénérer sa mémoire. Il avait laissé aux religieuses son cœur, qui fut enfermé dans une boîte de plomb et placé dans le mur de l'église près de leur grille.

La Sœur Catherine-Joseph avait reçu une instruction assez complète pour posséder la langue et même la prosodie latines, ce qui lui permettait de surveiller utilement les chants liturgiques. Eprouvée par de violentes douleurs qui lui avaient paralysé le bras droit, elle eut la consolation d'obtenir une guérison soudaine après la communion de Noël. Sa charité s'exerça particulièrement au profit des prêtres irlandais réfugiés alors à Périgueux. Elle passa par tous les emplois en usage dans la maison avant de devenir Supérieure. Dans cette fonction, elle reçut à la profession deux personnes qui lui étaient grandement chères : Marie-Henriette de Ranconnet d'Escoire, et Anne-Louise du Cheyron, sa parente, qui lui avait été confiée par M. du Cheyron dès l'âge de trente mois.

Elle put attacher son nom à l'achèvement de l'église, en 1670, et à l'inauguration, qui en fut faite seulement en 1682. En 1685, elle fit placer au-dessus du maître-autel le grand tableau de saint François de Sales.

Françoise-Angélique Brulart (1692-1698), petite-fille et sœur de deux célèbres premiers présidents du Parlement de Bourgogne, avait fait son éducation au pensionnat de la Visitation de Dijon : elle y devint novice à quinze ans, en 1645. Employée au monastère d'Annecy, puis supérieure à Dijon et à Besançon, elle y avait fait admirer la sûreté de son jugement et sa haute vertu. En 1691, une élection de supérieure était devenue nécessaire à Périgueux, mais il paraît que deux partis opposés se tenaient en balance : « La contrariété des opinions, » disent les annales, rendirent cette élection impossible. Pendant six mois, la communauté fut administrée provisoirement par la Sœur d'Auberoche, assistante.

Mgr Le Boux, qui avait déjà constaté dans la maison un relâchement de l'observance monastique, en demeura plus convaincu que jamais, et afin de provoquer une utile réforme il fit demander aux supérieures de Paris de désigner une religieuse d'une maison étrangère pour être élue à Périgueux. Celles-ci firent choix de la Sœur Brulart, alors à Dijon : l'élection eut lieu en sa faveur, et elle partit le 21 octobre 1691 par la route de Lyon et du Languedoc pour arriver à Périgueux un mois après, ayant stationné dans plusieurs monastères de l'ordre et reçu la visite de

nombre de personnages considérables. Mgr Le Boux
voulut qu'elle descendît dans son palais ; et en
l'installant dans ses fonctions il exprima avec une
touchante émotion les sentiments qu'elle lui inspirait.

Elle trouva la communauté dans un dénuement
complet : une de ses lettres à la supérieure de Dijon
en fera juger. Elle lui demande un secours :

C'est plus pour l'extrême pauvreté de ce monastère, dit-elle, que
pour mon avantage particulier. Quelque médiocre que vous me
l'accordiez, je n'aurai pas la peine de me voir nourrie gratuitement dans
ma communauté, qui n'a pas les choses nécessaires à la vie. Je n'aurais
jamais cru que sur la fin de la mienne, la Providence me réduisît à
mendier !... Son saint nom soit béni dans tous ses effets, quelque durs
qu'ils soient à la nature! Ne me refusez pas cette petite douceur, ma
chère Mère, ou plutôt cette charité à notre communauté, qui est dans
une extrême misère. Sans cela je ne vous serais pas incommode, et ce
n'est pas sans me faire violence que je vous expose la nécessité où je
me trouve.

En présence d'une pareille détresse, son premier
désir fut de s'assurer la protection divine. Elle fit
ériger dans la nouvelle église un autel qui fut solennellement dédié à la Providence par Mgr Le Boux. Sa
correspondance avec la Sœur Jeanne-Madeleine Joly,
de Dijon, la tenait au courant des progrès de la
dévotion au Sacré-Cœur : elle obtint de Mgr de Francheville l'autorisation d'établir cette dévotion à Périgueux,
qui fut ainsi l'une des premières villes de France
où les désirs de la sainte Visitandine de Paray-le-
Monial reçurent leur accomplissement. La première
solennité eut lieu aux offices des Quarante Heures,
en 1695.

Ce secours céleste qu'elle implorait ne lui fut pas
refusé, car elle arriva d'une manière inespérée à
transformer la situation matérielle du monastère.

Des libéralités toutes spontanées, des envois d'argent
de l'Institut lui permirent d'acquitter une dette de

quatre mille livres envers des fournisseurs qui menaçaient de saisir les immeubles ; elle éteignit une rente de cent francs due pour une fondation ; paya une partie des huit mille francs dus au trésor royal pour droits d'amortissement, et obtint la remise du reste par l'intermédiaire de quelques religieuses de la Visitation qui, se trouvant à Saint-Cyr, obtinrent l'appui de Mme de Maintenon. Enfin, elle ramena l'abondance dans la maison, qu'elle avait trouvée accablée par les dettes, si bien que l'on manifesta dans la ville une plus grande confiance à l'égard de la communauté et qu'on n'hésita plus à lui confier des jeunes filles « pour les élever ou pour en faire des religieuses. »

La réforme spirituelle ne lui était pas moins à cœur que le progrès matériel : elle rétablit l'ancienne sévérité dans les règles, notamment dans les communications au parloir, au risque de soulever contre elle des animosités. En effet, un personnage qu'elle avait éloigné de la communauté la fit appeler un jour au parloir et se répandit en injures contre elle ; une autre fois, dans l'église, un prédicateur l'accabla de récriminations en lui reprochant les rigueurs nouvelles qu'elle apportait dans l'application de la règle. Elle resta insensible à ces attaques, satisfaite du témoignage de sa conscience et du succès de ses efforts pour le bien de la communauté.

A l'expiration de son second triennal, elle retourna à Dijon, où elle était vivement désirée : elle y mourut en 1716, à l'âge de 86 ans.

L'œuvre capitale de cette période fut la construction de l'église. Dès 1644, le procès-verbal de M. Jonjay en avait reconnu la nécessité, car, disait-il, « la maison où elles habitent et leur chapelle ne doibvent estre que par permission, veu leur petitesse et incommodité. » Les troubles publics, le défaut de ressources ne permirent de la commencer que 24 ans plus tard, lorsqu'il survint de précieuses libéralités.

Un ecclésiastique originaire de Paris, l'abbé Devaulx, avait passé sa jeunesse à Périgueux dans la famille de Fonpitou et avait eu des rapports fréquents avec la Visitation, où il trouvait, malgré la pénurie du monastère, un concours généreux pour ses œuvres de charité. Devenu prêtre et sacristain de St-Nicolas-des-Champs à Paris, il voulut lui témoigner son fidèle attachement en lui envoyant pour la chapelle, à l'occasion de la canonisation de St-François-de-Sales, en 1667, de riches présents, parmi lesquels était un buste destiné à renfermer les reliques du saint. L'année suivante il poussa plus loin sa générosité et entreprit de faire bâtir l'église. Il donna à cet effet douze mille livres, auxquelles s'ajoutèrent plus tard quinze mille livres apportées lors de sa réception par Mlle de Ranconnet d'Escoire. M. Devaulx vint de Paris choisir l'emplacement de l'église dans l'enceinte du monastère et en dresser le plan. La première pierre fut posée solennellement par Mgr Le Boux, au mois de mai 1668.

La maladresse du premier architecte obligea de faire deux fois le travail des fondations. Cette faute, disent les annales, fut avantageusement réparée par le second « comme on peut le voir par la solidité et la beauté de cette église de la Visitation, qui est une des mieux bâties de cette ville. » (1) Plus loin, en décrivant les magnifiques cérémonies occasionnées par la canonisation de Ste-Chantal, les mémoires s'expriment ainsi :

Notre église, située dans l'ancienne ville appelée la Cité, distante de 250 toises environ de la nouvelle ville de Périgueux, est toute bâtie et voûtée ainsi que les sept chapelles, en pierres de taille ; d'une longueur

(1) D'après M. de Taillefer (Antiquités de Périgueux) on avait pris pour modèle celle du collège des Jésuites, qui était de la fin du XVIᵉ siècle.

et d'une largeur assez considérables, dans toutes les proportions de l'art. La porte d'entrée est au midi, le grand autel lui fait face.

Le rétable, derrière le maître-autel, s'élevait jusqu'à la voûte, sur une hauteur de 36 pieds et une largeur de 24.

Achevé en 1670, l'édifice resta douze ans avant d'être livré au culte, faute de ressources pour l'aménagement et la décoration de l'intérieur. En 1682, Mgr Le Boux, indigné du désordre et du tumulte provoqués dans la chapelle par le concours extraordinaire de la foule à la fête de St-François-de-Sales, déclara qu'il y interdirait désormais toute cérémonie solennelle. La Mère de Fonpitou lui représenta l'extrême pauvreté de la communauté qui ne permettait pas de mettre l'église nouvelle en état de servir. L'évêque autorisa les religieuses à solliciter la générosité publique. Le P. Recteur des Jésuites, qui prêchait le Carême, obtint deux mille livres par des quêtes ; les ouvriers se mirent à l'œuvre, recevant leur nourriture des habitants. « On leur fournit, dit notre chronique, tout le pain nécessaire, cinq barriques de vin, des jambons et une quantité d'autres objets. »

Les choses marchèrent si bien que dès le 2 juillet Mgr Le Boux put faire la bénédiction de l'église et y officier en présence d'un nombreux clergé, de MM. du chapitre et de MM. de la cour présidiale.

En 1701, la Mère de Lambertie, ayant reçu un dot arriérée de deux mille livres et un don de mille livres, commença la construction d'un nouveau chœur pour les religieuses. Mgr de Francheville en posa la première pierre, sur laquelle étaient gravés les mots : *Maria concepta est sine peccato*. Ce fut l'un des derniers actes de l'épiscopat du prélat surnommé le *Père des Pauvres*. Il mourut en 1702 et fut inhumé, suivant son désir, dans l'église de la Visitation.

Un R. P. capucin fit son oraison funèbre en présence d'une si grande foule de peuple qu'à peine pouvait-on se remuer. M. le comte de Francheville et M. l'Avocat général du parlement de Rennes, frères de ce saint prélat, eurent la consolation d'entendre prêcher ce digne panégyriste, qui détailla merveilleusement les actes héroïques et les vertus de sa vie, et surtout son immense charité pour les pauvres, ayant, dans le temps d'une disette extrême, été chercher lui-même du blé pour secourir son diocèse et sauver par là... une quantité étonnante de pauvres. Nous nous estimons heureuses d'avoir le dépôt de son corps dans notre église comme un gage précieux de ses bontés pour notre communauté, à laquelle il légua mille francs à sa mort par son testament.

Son mausolée a été détruit avec l'église et l'on n'a pu en retrouver même les vestiges.

Le chœur fut achevé en 1704. « Il était fort beau, bien voûté, bien parqueté, ayant de fort belles stalles tout autour, et d'ailleurs bien orné.» A la même époque les sacristies furent établies et l'on fit exécuter le grand rétable au moyen d'une somme de 400 livres provenant des ouvrages des sœurs et de la bourse de la sœur Econome.

Une nouvelle et importante construction, qui complétait le renouvellement des anciens bâtiments, eut lieu sous l'administration de la Mère Madeleine-Angélique Faure, qui fut supérieure pendant un total de dix-huit années, entre 1716 et 1739 : la sagesse et la douceur de son gouvernement la faisaient chérir. Le grand nombre des professions qu'elle reçut lui permit de relever le corps de logis et le réfectoire. Commencé en 1718, le travail se prolongea jusqu'en 1730 : c'est alors que Mgr d'Argouges en fit la bénédiction. Il trouva le réfectoire bien voûté, les cellules propres et convenables, réduites pour l'ameublement au strict nécessaire imposé par la pauvreté monastique. Les salles étaient ornées de tableaux exécutés à Limoges par les soins des Visitandines de cette ville et payés par les familles des sœurs de Périgueux.

En élevant une église monumentale, en prenant soin

3

de l'enrichir de chapelles et d'en orner l'intérieur, les Visitandines n'obéissaient pas seulement à la pieuse ambition de toutes les communautés monastiques ; elle donnaient satisfaction à un besoin public. Comme nous l'avons dit, leur maison était devenue promptement l'un des principaux sièges des dévotions populaires, où chaque circonstance importante ramenait une foule empressée.

Trois guérisons miraculeuses que nous rapportent les annales et qui se produisirent dans la chapelle, en 1650 et 1651, étaient bien de nature à exciter ce religieux élan des cœurs. La sœur Catherine de Fonpitou, qui avait tout le bras droit perclus fut guérie après la messe de minuit 1650, par l'application de la patène du calice sur le membre malade. Le 28 décembre, la sœur du Mazeau, paralysée du côté gauche, s'étant fait porter à la chapelle où l'on célébrait l'anniversaire de la mort de François de Sales, recouvra subitement la liberté de ses mouvements après une prière devant l'image du saint. Une faveur semblable fut obtenue l'année suivante au même anniversaire par la sœur Hureau, qui depuis quatorze mois était dans l'impossibilité de marcher. Ces trois guérisons furent attestées par sept médecins de la ville.

En 1652, la confiance dans le fondateur de la Visitation se manifesta par le vœu de la ville à l'effet d'être préservée d'un siège. En 1662, les fêtes de sa béatification furent l'occasion de grandes manifestations de piété : offrandes de cierges, feux de joie, acclamations publiques. Les vœux se multiplièrent pour obtenir des guérisons et les témoignages de reconnaissance « des têtes, des yeux, des bras, des cœurs d'argent, etc., » affluèrent devant l'autel de celui qui était considéré comme le protecteur de la ville.

Sa canonisation en 1667 renouvela les mêmes fêtes : le généreux abbé Devaux donna au monastère, à cette occasion, un buste du saint pour y placer ses reliques.

Le 29 janvier 1682, jour de sa fête, l'entassement de la foule dans la chapelle et le désordre qui en résulta excitèrent, comme nous l'avons vu, l'indignation de Mgr Le Boux et le déterminèrent à provoquer à tout prix les travaux nécessaires pour l'ouverture de la nouvelle église.

La maison de Ville, qui avait appelé à Périgueux les filles de St François-de-Sales, ne restait pas en arrière de cette dévotion de la population. En 1685, les maires et consuls prirent l'initiative de l'institution d'une confrérie en l'honneur du grand évêque de Genève et adressèrent à cet effet une requête à Mgr Le Boux, se fondant « sur les marques de la protection singulière » que les habitants ont reçue de ce grand prélat en » plusieurs rencontres publiques et particulières. » L'évêque autorisa la confrérie et lui affecta le maître-autel de la Visitation, au-dessus duquel devait être placé un tableau de St-François-de-Sales (1).

Ce tableau fut exécuté à Paris par les soins de la Mère de Fonpitou : il représentait S. François de Sales au milieu d'une gloire, entouré d'anges. L'œuvre du peintre coûta 460 livres et le cadre 180 ; la dépense fut couverte par les libéralités de Mgr Le Boux et de plusieurs personnes pieuses.

Peu après l'installation de la mère Brulart, vers 1692, comme une grande sécheresse désolait la campagne, la foule vint apporter ses supplications devant l'autel de la Divine Providence que cette supérieure avait fait ériger ; puis les reliques de St François-de-Sales furent transportées en procession à l'église St-Silain, servant aux Pénitents Noirs : elles y restèrent trois jours. Ces prières solennelles furent exaucées : une pluie abondante survint peu de jours après.

Lorsqu'en 1695 la mère Brulart, avec l'appui de Mgr de Francheville, voulut établir à Périgueux la

(1) V. l'appendice, n° 4.

dévotion au Sacré-Cœur, le P. Mellerand, jésuite, en fit le sujet de ses prédications des Quarante-Heures et attira un nombreux concours. Une confrérie fut établie à la Visitation en 1702 pour l'adoration perpétuelle du Sacré-Cœur ; en tête de la liste des membres figurent Daniel, évêque de Périgueux, Gervais et Pierre de Francheville, Martial-Joseph de Verthamon, de la Compagnie de Jésus, Pierre de Calviac, Henri de Marquessac, Simon de Glane, et un grand nombre de personnes notables.

Nous citerons encore trois dates importantes dans cette revue des grands actes de foi dont la Visitation fut le théâtre : 1741, centenaire de la fondation du monastère ; 1751, béatification de la Mère de Chantal ; 1768, sa canonisation. Chaque fois, le clergé, les magistrats, le peuple rivalisèrent de zèle et d'empressement. Nous reviendrons sur la fête de 1768, qui eut un caractère exceptionnel.

Centre de dévotion, la Visitation était aussi une maison d'éducation. Ce n'est pas là l'objet principal de l'institut, mais beaucoup de ses maisons ont ouvert dès l'origine des pensionnats pour un nombre choisi de jeunes filles. Le corps de ville avait en vue cette grande utilité lorsqu'il appela les religieuses à Périgueux. Les jeunes gens fréquentaient le collège des Jésuites, ouvert depuis 1592 (1) ; les établissements d'instruction pour les filles apparurent vers le milieu du xvii° siècle. A la suite des Visitandines, les Ursulines, les Dames de la Foi, les sœurs de Ste-Marthe ouvrirent leurs écoles.

Nous avons vu que dès l'arrivée des sœurs, en 1641, Catherine de Fonpitou leur avait été confiée à onze ans par ses parents ; que devenue supérieure (1670), elle y avait reçu elle-même une enfant de trente mois, Anne-Louise du Cheyron. Il n'était pas rare que ces maîtres-

(1) Devenu hôtel de la Préfecture, puis école normale de filles.

ses estimées fussent chargées de servir de mères à des
enfants de l'âge le plus tendre. Les registres paroissiaux
de la Cité le font connaître par les décès constatés à la
Visitation : ils mentionnent par exemple, en 1670, celui
de Marie Jomard de Chabans, âgée de quatre ans et
demi.

En 1685, lorsque les maire et consuls demandaient
à Mgr Le Boux l'érection de la confrérie de S. François
de Sales, ils rappelaient, à la suite des grâces obtenues
par son intercession, les services rendus par ses filles
spirituelles comme institutrices :

Il vous est connu, Monseigneur, que les filles de la Visitation Sainte-
Marie, établies dans la Citté, servent très utilement Dieu et le public par
leurs bons exemples et *les instructions pieuses qu'elles donnent aux
jeunes filles des principales familles de vostre diocèse.....*

Il vint une époque où le relâchement de l'esprit monastique et la pénurie qui régnait dans la Maison dé-
peuplèrent le pensionnat ; mais nous avons vu que la
sage administration de la mère Brulart (1691) ranima la
confiance des familles, « qui n'hésitaient plus, disent
les annales, à lui remettre des jeunes filles pour les
élever. »

C'est là que bien des religieuses, destinées à devenir
supérieures, reçurent les éléments de l'instruction avec
les germes de leur vocation. Après Catherine de Fonpitou, on peut citer Jeanne-Marguerite de Lagarde
(1739), à qui son oncle, archiprêtre de Champagnac,
ménagea le bienfait de cette éducation dans son enfance ;
qui rentrée dans le monde, fléchit, par sa persévérance
inébranlable, l'opposition que ses parents mettaient à sa
vocation et attendit jusqu'à trente ans son entrée au
noviciat ; — Henriette Bouchier (1753), orpheline de
mère à quatre ans, appelée au pensionnat par une de
ses tantes, visitandine ; — Angélique du Meymy,
d'Excideuil (1764), qui après la mort de son père, le
second mariage de sa mère, fut confiée aux religieuses

à douze ans par ses grands parents et prit l'habit à quinze.

D'autres, en dirigeant le pensionnat, révélèrent leur aptitude à gouverner le monastère : telle Marie-Thérèse de Salleton, de Périgueux, abandonnant à quinze ans, à sa sœur plus jeune, l'espoir d'une riche succession, s'arrachant aux caresses de sa grand'mère pour s'enfermer au couvent et appelée bientôt à faire profiter de son goût pour les travaux de l'esprit, les élèves de la maison.

En 1790, lorsque les officiers municipaux dressèrent l'état du personnel de la communauté, ils mentionnèrent deux maîtresses des pensionnaires et dans l'inventaire du mobilier qui allait devenir *national,* ils n'omirent pas les onze lits du dortoir des pensionnaires ; ils constataient ainsi que jusqu'à la fin la Visitation avait associé l'œuvre de l'éducation à la vie contemplative. Mais le nombre des élèves fut toujours très limité, comme le comportaient les circonstances et la nature de l'institut.

V.

SITUATION AU XVIIIᵉ SIÈCLE. — LA CANONISATION

DE SAINTE CHANTAL.

En 1717, le grand siècle et le grand roi avaient vécu ;
les maisons religieuses fondées ou restaurées sous leur
influence avaient achevé l'œuvre de premier établissement, et sans pouvoir soupçonner qu'elles se trouvaient
à la moitié d'une carrière destinée à être violemment
interrompue par la Révolution, elles se sentaient
inclinées à jeter un regard sur ce qu'elles avaient accom-
pli et sur les ressources préparées pour leur avenir.
C'est ce que faisaient les Visitandines à cette date, dans
un mémoire présenté à Mgr Pierre Clément (1). Elles y
résument leur histoire, y exposent l'état de leurs biens
et leurs besoins. Les fonds qu'elles ont recueillis ont
été employés à leurs importantes constructions ; elles
ont pu, d'ailleurs, avec les dots des professes, acheter
sept métairies et quatre borderages dans les paroisses
de Léguillac et de Marsac, d'un revenu total de 1500
livres, année commune. Dès leur arrivée à Périgueux
elles avaient placé une partie du prix de leur maison de
Guéret sur la métairie de la Pruneyrie, paroisse de
Marsac, appartenant à messire Gerbaut, sieur de la
Senodie. Mais, en somme, leur revenu en biens fonds
ou en créances leur semblait insuffisant pour l'entretien
d'une communauté qui comptait environ trente personnes non compris les élèves du pensionnat.

Malgré cette pénurie, elles continuaient leurs agran-
dissements et la décoration de leurs sanctuaires, avec

(1) Né à Besançon, devenu vicaire-général de Rouen, occupa le siège de
Périgueux de 1702 à 1719, année de sa mort.

l'aide des libéralités qui se succédaient. La mère Faure, pendant son dernier triennal, en 1736, fit ériger deux autels au Sacré-Cœur, l'un dans l'église, l'autre dans le monastère. La mère de La Garde, qui fut supérieure pendant quinze ans, entre 1739 et 1758, et dont l'unique frère, d'abord dignitaire de la Cathédrale, mourut à la Trappe en odeur de sainteté, présida aux fêtes du centenaire de la fondation de Périgueux et de la béatification de Jeanne-Françoise de Chantal ; elle lui dédia une chapelle. La mère de Salleton gouverna la maison pendant neuf ans, entre 1758 et 1773 ; elle fit dorer le grand rétable, agrandir et décorer la chapelle de la Providence, enrichir la sacristie de précieux ornements sacerdotaux.

Elles furent généreusement secondées par Mgr Macheco de Premeaux (1) (1732-1771), si consciencieux dans l'accomplissement des devoirs de sa dignité, qui leur laissa entre autres présents un ornement complet en moire d'or, avec la chape brodée, à deux faces ; puis par l'abbé de Lollière. Celui-ci, chanoine et chantre de la Cathédrale, plus tard père spirituel de la communauté, lui fut aussi secourable dans le conseil que dévoué dans ses besoins pécuniaires. La dorure du rétable, la restauration de la chapelle de la Providence, évaluée 3500 livres, furent payées de ses deniers.

Ce fut la mère du Meymy qui, à son entrée en fonctions, en 1764, put faire l'inauguration de cette chapelle allongée, éclairée par deux fenêtres, fermée par une grille élégante, garnie de sculptures dorées, en un mot « d'un » goût exquis, disent les annales, et bien propre à réveil- »ler la piété des fidèles. » On n'y reconnaissait plus

(1) Né aux environs de Dijon, chanoine de Soissons, nommé évêque de Périgueux en 1732, refusa en 1743 l'archevêché de Bordeaux, mourut en 1771. Il pratiquait la résidence avec une fidélité exemplaire à cette époque. Il réimprima les livres liturgiques et publia un catéchisme des fêtes.

sans doute le modeste sanctuaire disposé par la mère Brulart, près d'un siècle auparavant.

Mais une autre solennité bien plus importante s'apprêtait pour la même supérieure ; nous avons déjà mentionné la canonisation de Ste Chantal. La fête en avait été célébrée à Rome le 16 juillet 1767 ; la bulle pontificale fut reçue à Périgueux le 8 mai 1768. Une octave entière, du 14 au 22 juin, fut consacrée par les Visitandines à des fêtes d'un grand éclat en l'honneur de leur fondatrice inscrite au livre des saints. Les annales se complaisent dans les détails de la décoration de l'église, dans l'énumération de toutes les cérémonies qui se succédèrent ; ce fut, en effet, un triomphe pour ce monastère dont les jours étaient déjà comptés. A la distance où nous sommes aujourd'hui, le principal mérite de cette relation est de nous donner un aperçu de la disposition de l'église et de nous montrer l'état de la religion à Périgueux vingt ans avant la Révolution.

Pour les préparatifs nécessaires et la réunion de ce qui devait servir à orner l'église, les dons en argent et en nature affluèrent de la ville et du dehors. Mgr de Premeaux et l'abbé de Lollière en donnèrent l'exemple.

Une noble et religieuse émulation animait tous les cœurs ; chacun voulut contribuer à la célébrité de la fête. Notre église, quoique assez grande, ne put contenir les divers ornements que lui offrit la piété des fidèles... Mais ce qui nous a bien plus touchées, c'est le mouvement général de piété que notre fête a excité.

On ne vit jamais tant de zèle dans le prêtre, tant d'empressement dans le peuple, tant de modestie dans le saint temple, tant d'avidité pour la divine parole, tant d'ardeur pour les sacrements, ni tant de désir de gagner les saintes indulgences.

Jetons d'abord un coup d'œil sur l'église. Elle est achevée aujourd'hui dans toutes ses parties. Elle est bâtie et voûtée en pierres de taille, ces matériaux à l'épreuve du temps puisés sans trop de scrupule dans les Arènes ; le style est celui du XVIIe siècle et des églises des Jésuites, lourd et maniéré mais non dépourvu de grandeur. Le portail s'ouvre au midi, sur la place S. Etienne ; en avant de ce portail on a dis-posé, pour la circonstance, une tente de toile couvrant dix toises carrées, destinée à abriter les personnes qui ne pourront pas trouver place dans l'édifice. Un tambour garni de tapisseries, fait suite à la grande porte ; un bénitier de marbre, porté sur une colonne sculptée, en occupe le fond ; un autre bénitier semblable est de l'autre côté du tambour, à l'intérieur de l'église. Au-dessus est une tribune pour les musiciens.

Dans la nef, les murs disparaissent sous les riches tentures, les tableaux, les emblèmes avec sentences bibliques en l'honneur de la sainte, composés par le chanoine de la Fayardie. La grande corniche est ornée d'une guirlande de fleurs, interrompue par des reliquaires, des girandoles et des tableaux.

La chaire est enveloppée de velours et d'or et sur-montée d'une corbeille de fleurs artificielles.

Six chapelles, trois de chaque côté, sont accolées à la nef ; elles sont, comme le reste, soigneusement ornées, mais il en est deux qui attirent surtout l'attention, celle du Sacré-Cœur et celle de Ste Chantal, qui se font face en avant du chœur des religieuses. Le fond en est occupé par des peintures à fresque de vingt pieds carrés, entourant de grands tableaux analogues à la dévotion du lieu. Vis-à-vis de la grille monacale et de la pierre du mur où est scellé le cœur d'Alexandre de Fonpitou, s'ouvre la grande chapelle de la Providence, renouvelée par les dernières restaurations, avec son autel et son rétable sculptés et dorés.

L'or éclate aussi au maître-autel, qui se voit au fond de la nef, derrière la balustrade du sanctuaire : le taber-nacle, la niche élégante pour les expositions, le grand rétable sont sculptés et rehaussés d'or. Ce dernier a 36

ANCIEN AUTEL DE LA VISITATION

DANS LE SANCTUAIRE DE BELEYMAS.

pieds de hauteur sur 24 de large et est formé de quatre colonnes ouvragées entre lesquelles est placé le tableau de S. François-de-Sales (1). Sur deux crédences sont dressées les images de ce saint et de Ste Chantal. Leurs reliques sont aussi exposées.

Partout ont été prodigués les tapis, les vases précieux, les lustres et les candélabres.

C'est dans l'église ainsi parée que vont se succéder pendant huit jours, matin et soir, des offices solennels au milieu d'une affluence sans cesse renouvelée.

Le 13 juin, veille de la grande Octave, les cloches de toutes les églises de la ville et de la banlieue mêlèrent leurs carillons et leurs volées. Dans l'après-midi une procession solennelle partit de St-Front. Une compagnie de bourgeois sous les armes ouvrait la marche au bruit des trompettes et des tambours accompagnés de décharges d'artillerie. Venaient ensuite les trois compagnies de pénitents, blancs, bleus et noirs ; tous les corps religieux ; les magistrats de la cour présidiale, les maire et consuls, les membres de l'Election, les chanoines et dignitaires ecclésiastiques ; un peuple nombreux terminait le cortège. La foule devint si pressée aux portes de l'église qu'on fut obligé d'y mettre des gardes.

Après l'arrivée de la procession au monastère, Mgr de Premeaux entra, chargea M. de Taillefer, grand archidiacre et vicaire général, de proclamer la bulle de canonisation et fit l'ouverture de l'Octave. Il officia le lendemain toute la journée.

Après l'évêque, les corps religieux se relevèrent chaque jour pour la célébration des offices. On vit d'abord le chapitre ; — puis les Jacobins (2) avec le

---

(1) Nous donnons une vue de cet autel monumental qui est aujourd'hui dans l'église de Beleymas. (V. l'appendice, n° 5.)

(2) Ils demeuraient à l'endroit où sont aujourd'hui les Ursulines.

P. Blanchard, leur prieur ; — les Cordeliers (1), aux-
quels se joignirent les confrères de S. Crépin ; — les
Augustins (2) ; — les Récollets (3) avec le P. Malachie-
Laborie, grand Custode ; — la paroisse de la Cité,
conduite par l'archiprêtre, et à sa suite les confréries
du St-Sacrement, de St-Joseph et de la Trinité, la
confrérie des Pénitents Bleus, au nombre de 200, revêtus
de leur sac, conduits par l'abbé de Puy-Limeuil, chanoine ; les Pénitents Blancs, au nombre de 80, sous la
direction de leur prieur l'abbé de S. Geyrac ; — enfin
les cent élèves du Grand Séminaire (4), ayant à leur tête
leur supérieur, l'abbé de la Lande, vicaire général,
maître-Ecole à la Cathédrale.

Les Pénitents Noirs, n'ayant pu être pourvus dans la
distribution des jours de l'Octave, obtinrent comme
fête supplémentaire le dimanche 26 juin, et se rendirent
ce jour-là à la Visitation en partant de S. Silain, leur
église attitrée. Ils dépassaient le chiffre de cent ; ils
faisaient porter devant eux les bannières de S. François-
de-Sales et de Ste Chantal. Ils chantèrent l'office et
donnèrent beaucoup de soin et de solennité à toutes les
cérémonies.

Les musiciens de la Cathédrale prêtaient d'ailleurs
un concours assidu à l'exécution des chants et des
morceaux de musique.

Chaque jour, après les vêpres, un discours était
prononcé à l'honneur de la sainte. Les orateurs furent :
l'abbé de S. Geyrac ; — le P. Pomaret, professeur
de théologie ; — le P. Lavalette, cordelier ; — le P.
Souffron, prieur des Augustins ; — les P P. d'Alidet

(1) Aujourd'hui la Visitation.

(2) Les vieux Augustins étaient près de la route de Paris ; les nouveaux
intra muros, aux anciennes prisons.

(3) A l'Ecole Normale d'instituteurs.

(4) A la maison de la Grande Mission, aujourd'hui la manutention mili-
taire.

et Boyer, récollets ; — le chanoine de la Fayardie, prieur des Pénitents Bleus ; — l'abbé Raynaud, prévôt d'Excideuil ; — enfin M. Saboureux, ancien professeur du séminaire, missionnaire.

Il y eut plusieurs feux de joie et feux d'artifice. Le principal fut allumé à la Cité le premier jour des fêtes par l'abbé de Taillefer, M. de Chemisac, lieutenant-général au siège criminel et le maire, M. Fournier de la Charmie. Les Pénitents Noirs allumèrent deux bûchers le soir du 26, l'un devant la Visitation, l'autre place des *Gras* (des Degrés) : ils y ajoutèrent des salves d'artillerie, une illumination et un feu d'artifice (1).

C'est ainsi, dit en finissant l'annaliste, avec l'accent d'un pieux enthousiasme, c'est ainsi que s'est terminée notre auguste solennité, à notre grande consolation et à l'édification des fidèles. Ils paraissaient la regarder comme leur propre fête. On n'a jamais vu régner tant de modestie dans l'église malgré le grand concours de monde, ni tant d'ardeur à participer aux saints mystères. On juge, par le calcul que l'on a pu faire, que pendant toute l'Octave, il s'est dit dans notre église 800 messes, et que le nombre des communions a été de 10 mille.

(1) Voir à l'Appendice n. 6 le relevé des dépenses de la confrérie dans cette journée.

VI.

LA RÉVOLUTION. — SUPPRESSION DU MONASTÈRE.

Ces éclats de la dévotion universelle, ces flammes joyeuses prolongeant dans la nuit les splendeurs religieuses du jour, c'était comme le dernier rayonnement d'un astre près de s'éclipser. Toutefois si les grandes commotions se préparaient, les désordres n'étaient pas encore passés des idées dans le monde des faits et les religieuses derrière leur cloître, dans une province éloignée du centre, n'en recevaient qu'un écho affaibli, apportant des tristesses sans annoncer des périls imminents. La mère du Meymy, remplacée pendant trois ans par la mère de Salleton, qui avait déjà été supérieure avant elle, termina paisiblement en 1779 la seconde période de six ans d'une administration pleine de sagesse et d'édification. Elle vécut encore comme *Déposée* jusqu'à 1788 ; dans sa dernière maladie, quelques heures avant sa mort, on la vit par une faveur singulière, récompense de sa piété pour le St-Sacrement, se réveiller du délire de l'agonie pour demander et recevoir le Viatique en pleine connaissance. Elle avait vécu 85 ans, dont 68 de profession religieuse.

La mère Fourtou exerça le gouvernement de 1779 à 1785. Les vocations se faisaient plus rares, les admissions ne compensaient pas les pertes causées par la mort. Après sa sortie de charge, la sœur de Boysseuilh, d'une famille noble de la province, fut élue supérieure. Mais déjà l'agitation révolutionnaire avait commencé ; la licence s'autorisant du besoin de réforme compromettait la sûreté des personnes en même temps que les droits de la propriété et l'on pouvait prévoir que les institutions ecclésiastiques et monastiques seraient les premières attaquées.

A la fin du mois d'août 1789, la Révolution comptait déjà plusieurs de ses grandes journées. Les religieuses, assiégées de sombres pressentiments, s'unirent à la mère de Boysseuilh pour faire un vœu solennel au St-Cœur-de-Marie afin d'obtenir le maintien du culte catholique en France et la conservation de leur institut : elles multiplièrent leurs exercices de piété à la même intention.

Mais il n'entrait pas dans les desseins de Dieu de suspendre le cours des événements qui se déroulaient comme les conséquences naturelles de la liberté humaine depuis longtemps en travail d'un bouleversement social. Le 24 novembre 1789, l'Assemblée constituante déclarait que tous les biens ecclésiastiques étaient mis à la disposition de la nation ; le 19 février 1790, elle supprimait les ordres monastiques avec les vœux de religion, en invitant les religieux à sortir de leurs monastères.

Trois officiers municipaux de Périgueux se présentèrent à la Visitation, le 8 juillet 1790 comme chargés de pourvoir à l'exécution de ces deux lois. Ils firent comparaître devant eux le personnel entier de la communauté et procédèrent à un inventaire minutieux des meubles, effets, linge, vases et ornements sacrés, argenterie, espèces monnayées, titres de propriété et de créance appartenant aux religieuses, mais qui devenaient une propriété nationale et allaient être soumis aux mesures conservatoires de l'apposition de scellés, du récolement et du séquestre en attendant les aliénations définitives. (1)

(1) Le décret du 19 février 1790 annonçait qu'il serait pourvu incessamment par une pension convenable, au sort des religieux dépossédés. Le 17 juillet 1791, plus d'un an après l'inventaire dont nous parlons ici, le directoire du département sollicité par les Visitandines de fixer leur pension, sursit à statuer au fond jusqu'à ce que le compte de leurs reve-

Nous voyons par leur procès-verbal que la maison
retirait alors environ 2,000 livres de ses propriétés
rurales et que l'intérêt nominal au denier vingt, des
rentes constituées, était de 4777 fr. Mais il y avait
9,000 fr. d'intérêts arriérés et les rentrées étaient sans
doute difficiles et irrégulières, car le dernier arrêté
de compte de l'économe accusait seulement une recette
de 4.276 livres en présence d'une dépense de 5.831.

Les délégués de la municipalité rendirent les religieuses dépositaires des titres et gardiennes des objets
inventoriés, qui furent, en 1792, l'objet de deux récole-
ments.

Cette prise de possession accomplie au nom de la
nation, ils passèrent à l'exécution de la loi de février
1790 et se placèrent dans la chambre du prédicateur :

> Là, disent-ils, nous avons fait comparaître séparément les religieu-
> ses, les converses et les novices et nous leur avons donné à entendre
> la liberté qu'elles avaient de sortir du cloître ; — lesquelles nous ont
> répondu que leur intention était de vivre et mourir dans la règle qu'elles
> avaient embrassée, et que c'était leur unique satisfaction...
> Et de la part desdites trois novices, il nous a été dit qu'elles sup-
> plient l'Assemblée nationale de vouloir leur permettre de faire leurs
> derniers vœux, et qu'elles attendent avec le plus grand empressement
> cette grâce de sa part.

Les désirs manifestés d'une manière si touchante
furent respectés quelque temps encore ; néamoins si
le cloître n'était pas brisé, la paix en était souvent
troublée. L'ingérence tracassière de l'autorité civile
préludait à la suppression brutale, elle substituait son
action et ses réglements, en vertu de la loi du 14 octobre 1790, aux anciennes constitutions monastiques. Les
religieux qui avaient opté pour le maintien de la vie

nus fût apuré, et provisoirement leur accorda 3.825 fr. à imputer sur les
trois premiers trimestres de 1791. (Archives départementales, registre L.3.)
La loi du 11 nivose an II retira toute pension à ceux qui refusaient le
serment civique et les religieuses se trouvèrent dans ce cas.

commune étaient tenus de faire de nouvelles élections de leurs supérieurs avec le concours d'un officier municipal.

C'est au nom de cette loi que le 5 mars 1791, un officier municipal de Périgueux, accompagné du secrétaire-greffier, se transporta à la Visitation pour présider l'élection d'une supérieure et d'une économe. Son rapport nous le montre siégeant comme ses devanciers dans la chambre du prédicateur, d'un côté de la grille, alors que toutes les sœurs sont réunies de l'autre côté, y compris les sœurs converses auxquelles l'Assemblée constituante, devenue réformateur d'ordres, a conféré le droit électoral. Il fait choisir des « scrutatrices » qui sont les sœurs Fourtou et Lacoste ; il fait l'appel nominal, constate la présence de 29 électrices, surveille le vote et le dépouillement et enfin proclame supérieure la mère de Boysseuilh et économe la sœur Joyeux, qui ont réuni chacune 28 voix.

Les annales s'expriment ainsi au sujet de cet étrange scrutin :

L'état violent où en étaient les choses nous obligea à nous soumettre à cette formalité, y étant d'ailleurs autorisées par l'avis de Mgr de Flammarens (1) notre digne évêque. C'est aussi en exécution de ses intentions... et par l'autorisation qu'en donna N. S. P. le pape Pie VI à tous les monastères de France, que notre très honorée mère de Boysseuilh, arrivée au terme de ses deux triennaux, fut continuée sans autre formalité canonique.

Cette condescendance ne pouvait d'ailleurs arrêter le torrent dans sa course. L'année 1792 arriva et avec elle de nouvelles destructions. Presque au lendemain de la journée du 10 août, le 18 du même mois, l'Assemblée

_____

(1) Originaire de l'Anjou, évêque de Quimper en 1772, transféré à Périgueux en 1773, connu par ses démêlés avec l'assemblée de son clergé lors de la réunion des Etats de la province en 1789. Obligé de s'exiler pour avoir refusé le serment constitutionnel, il vécut à Londres dans un état voisin de l'indigence ; il y mourut en 1801.

4

législative supprima définitivement toutes les corporations religieuses, même celles qui, étant vouées à l'en-
seignement ou au soin des malades, avaient, disait-elle,
« bien mérité de la patrie ; mais un état vraiment libre
ne devait souffrir aucune corporation dans son sein. »

Il fallait préparer l'évacuation du monastère. L'officier municipal revint à plusieurs reprises au mois de
septembre, pour le récolement des objets inventoriés.
Au cours de cette opération il fixa ce que chaque religieuse pourrait emporter, d'après la tolérance de la
loi. Elle fut autorisée à prendre son lit, l'ameublement
de sa pauvre cellule, et sa part dans les 33 cuillers
d'argent, dans les livres de piété, les draps et les ser-
viettes dont l'existence avait été constatée. En dehors
de cette concession, tout ce qui garnissait la maison et
l'église, tableaux, boiseries, parements d'autels, vases
sacrés au nombre de 15 environ, argenterie d'église,
linge de la sacristie, ornements sacerdotaux au nombre
de 20, tout restait à la nation.

Nous lisons dans le procès-verbal de l'agent de
l'autorité :

Sur la prière desdites dames d'avoir égard à la situation des six domestiques tant mâles que femelles (sic) qui sont depuis longtemps à leur
service et dont elles ont lieu d'être très satisfaites, et qui vont se trouver
en sortant de leur maison sans bien et sans appui, nous avons accordé
à chacun d'eux leur lit et le mobilier de leur chambre pour en disposer
comme bon leur semblera.

Le 30 septembre le récolement était terminé, les
scellés avaient été reconnus intacts : les religieuses
pouvaient partir. La mère de Boysseuilh déclara qu'elle
sortirait de la maison le lendemain avec sa communauté
et invita le citoyen délégué de la mairie à venir à 9 h.
du matin pour prendre les clefs, « desquelles, dit celui-
ci, il promit de se charger avec le consentement des
administrateurs du district. » Et il donne sa raison,
qui est plaisamment trouvée dans la circonstance :

« C'est afin que ladite communauté et ce qu'elle renferme *soient à l'abri des voleurs.* »

Cette sollicitude pour le droit de propriété, de la part du personnage qui mettait les propriétaires à la porte après avoir retourné leurs poches, est assurément un trait de haut comique dans ces lugubres scènes. Mais il était bien dans le vrai : pour rappeler le mot du poète, la maison était à d'autres, c'était aux Visitandines d'en sortir.

Le 1er et le 2 octobre 1792, la mère de Boysseuilh et toutes les religieuses quittèrent successivement le couvent. Le monastère de 1641 avait cessé d'exister ; le corps municipal qui y avait appelé les filles de S. François-de-Sales, les chassait maintenant de leur demeure. La vaillante colonie de Riom et de Guéret, devenue une tribu aventureuse de bannis, comprenait alors 36 personnes, savoir : 24 religieuses professes, 5 sœurs converses, 3 novices et 4 tourières.

Nous ne pouvons mieux terminer ce récit qu'en transcrivant les douloureuses réflexions de l'auteur des annales :

Il n'est donné qu'aux personnes religieuses de comprendre ce qu'il en coûte pour s'arracher à ces lieux vénérés où l'âme séparée du monde, affranchie de sa captivité, rendue à la véritable liberté des enfants de Dieu, ne vivant que pour lui plaire et pour le glorifier, reçoit pour prix de sa pauvreté et de ses renoncements un centuple d'une si grande valeur que rien ne la surpasse, sinon les jouissances de la patrie. Un jour, nous l'espérons, nous nous y trouverons toutes réunies : c'est cette espérance qui nous soutint et nous donna la force de franchir les barrières sacrées de notre chère clôture pour rentrer dans la Babylone du monde, plus agitée et plus bouleversée que jamais.

VII

ÉPILOGUE.

La Visitation supprimée marque le terme de ce travail ; cependant il ne serait pas complet si nous n'y ajoutions le résumé de ce qui arriva aux religieuses pendant la seconde période révolutionnaire.

Tant que la liberté leur resta, elles vécurent dispersées pour ne pas attirer l'attention, plusieurs réfugiées dans leurs familles, la plupart demeurant à Périgueux et formant de petits groupes qu'abritaient des maisons hospitalières. C'est ainsi qu'il s'en trouvait trois chez un sieur Lacombe, qui passait pour recueillir aussi des prêtres réfractaires ; quatre chez un sieur Lavaud, une chez Pierre Bourdillette. La Mère de Boysseuilh, qui n'avait pas voulu se séparer de ses filles, était chez la dame Sauveroche. Il paraît qu'elle avait pu dérober aux perquisitions faites au couvent, un bon nombre d'objets précieux et des papiers importants : ce qui est resté des archives provient sans doute de cet heureux détournement. Mais les officiers municipaux, qui soupçonnaient le fait, cherchaient d'autant plus impatiemment à découvrir sa retraite. Un jour où ils étaient attendus, la dame Sauveroche déjoua leurs investigations en faisant prendre à la supérieure des Visitandines des vêtements de servante et lui donnant du linge à laver.

Une maladie prématurée l'enleva au mois de juillet 1793 : les religieuses, malgré la difficulté des temps, voulurent faire une élection, qui eut lieu dans la chambre de la défunte, où se conservait le St-Sacrement. Celles qui étaient absentes envoyèrent leur suffrage par correspondance. L'abbé Lasserre, père spirituel, et l'abbé Pommeaux, vicaire-général, donnèrent leur approbation. La mère Fourtou redevint ainsi supérieure.

Au mois de septembre 1793, le comité révolutionnaire, qui venait d'entrer en fonctions, ordonna la mise en réclusion « de toutes les femmes suspectes et » notamment des religieuses qui n'ont cessé depuis le » moment de la Révolution de donner des preuves de » leur non-soumission aux lois. » C'était l'application des mesures arbitraires contre les suspects inaugurées au mois de mars précédent à Paris et qui allaient être aggravées par le décret du 11 nivose an II (31 décembre 1793). Ce décret assujettissait les religieuses au serment civique imposé aux ecclésiastiques par la loi du 14 août 1792 (1) et en cas de refus, leur retirait l'indemnité

(1) Ce serment, distinct de celui qui s'appliquait à la constitution civile du clergé, était ainsi conçu : — Je jure d'être fidèle à la nation, de maintenir la liberté et l'égalité ou de mourir en les défendant. — Le serment sur la constitution civile avait été formellement condamné comme schismatique par les brefs de Pie VI. L'autre fut également réprouvé par les pasteurs de l'Eglise et les consciences catholiques, à cause de sa formule équivoque.

Pierre Montardier, prêtre, religieux de Chancelade, après avoir prêté ce dernier serment à Périgueux, le rétracta par une lettre où il disait avec autant de courage que de vérité :

— « Il contrarie mes principes religieux sur les droits de l'autorité ecclésiastique et civile que ma conscience voit blessés par l'étendue vague et indéfinie d'une liberté qui porte atteinte aux droits sacrés et précieux de l'autorité confiée à l'Eglise par son divin auteur... J'ai expliqué mes motifs au district de Lesparre (où il demeurait alors) et l'ai prié de m'effacer en conséquence de la liste des pensionnaires de la nation. Je vous prie de vouloir bien en consigner la note dans vos registres, comme aussi de recevoir la déclaration libre et authentique que je vous fais de la rétractation pure et simple que font mon cœur et ma bouche du serment que j'ai prêté le 1er octobre (1792) dans la salle de votre municipalité,

promise lors de la spoliation des couvents, en les
déclarant suspectes, c'est à dire abandonnées aux capri-
ces d'une ombrageuse tyrannie.

D'ailleurs tout était prétexte à persécution contre
les créatures inoffensives que l'on voulait absolument
transformer en ennemis de la sûreté publique. Un jour,
les ouvriers travaillant à la Visitation pour en faire
une maison de détention, trouvaient « une liasse de
papiers fanatiques, » probablement des correspondan-
ces avec des personnes soupçonnées d'incivisme ; aussitôt le comité fulminait sa colère avec cette emphase
grossière et menaçante qui caractérise le temps et les
hommes.

Les plus cruels ennemis de la République sont les prêtres et leurs
affidés ; malgré que la justice nationale fasse chaque jour rouler les
têtes de ces scélérats..., ils s'agitent dans les ténèbres, forment des
conciliabules pour ramener l'esclavage par les momeries et le fanatisme...
cette maudite engeance calotine a encore des rapports et des affidés sur
tous les points de la République... il importe de poursuivre jusque dans
leurs derniers retranchements tous ces fanatiques outrés pour les livrer
à la vengeance nationale. (Séance du 8 thermidor an II.)

En conséquence, il faisait comparaître devant lui et
interrogeait rigoureusement « les femmes de la Visitation nommées Fourtou, Dumonteil, Duvignaud et
Beauregard. »

D'autres fois, des religieuses bravaient avec une
noble intrépidité les décrets sur le serment. Des dames
de S. Benoît, des Filles de la Foi de Sarlat, découvertes « chez le nommé Fars, ci-devant gentilhomme, »
déclaraient qu'elles ne l'avaient pas prêté, qu'elles ne
le prêteraient jamais (séance du 11 ventôse). La sœur

afin que le même public que j'ai scandalisé par ma démarche puisse
prendre connaissance de mon repentir sur le même livre où est consignée
la profession d'une erreur dont je demande pardon à Dieu, que j'ai offensé,
et aux hommes que mon exemple a pu séduire et égarer. » (Archiv. municipal., Reg. des serments, 1793).

Dumonteil, arrêtée chez le sieur Lacombe, s'était exprimée dans les mêmes termes (séance du 8 messidor). Une autre Visitandine, Angélique Bonnefon, venait se livrer d'elle-même à la réclusion comme réfractaire, affirmant qu'elle serait venue plus tôt si par un malheureux accident elle ne se fût cassé la jambe chez ses parents. (Séance du 25 messidor).

Il est inutile d'ajouter que la mise en réclusion ne se faisait pas attendre : elle était accompagnée du séquestre sur tout ce qui appartenait aux personnes suspectes et recluses. Non seulement les frais de garde et de nourriture en prison étaient à leur charge, mais l'usage de leurs biens de toute nature leur était immédiatement retiré sauf les objets jugés indispensables par les agents préposés au séquestre. On imagine difficilement avec quelle barbare rigueur étaient appliquées de telles mesures. Chez Lacombe, on ne se contente pas de séquestrer tout le chétif mobilier des deux sœurs converses qu'il avait recueillies : l'officier municipal monte au grenier et séquestre quatre boisseaux de blé et un demi sac de pommes de terre. Chez Bourdillette, les chaises, la table et jusqu'à la pelle à feu de la tourière Marie Rallier sont mises sous la main de la nation ; bien mieux, on déclare à Bourdillette la saisie-arrêt d'une somme de 3 livres dont il se trouve redevable pour trop perçu sur le loyer (1).

On entrait donc dans les lieux de détention presque dépouillé de tout, et on y était entassé, mais on s'y trouvait, comme dans les illustres prisons de Paris, en digne compagnie, prêtres, moines, religieuses et *leurs affidés*. Ces lieux de détention furent à Périgueux : — la maison commune de l'hôtel de ville (2) affectée aux hommes, spécialement aux prêtres insermentés, destinés à la déportation ou devant subir seulement la

---

(1) Archives départementales, carton. Q. 531.

(2) Place du Coderc, aujourd'hui le marché.

réclusion à cause de leur âge ou de leurs infirmités ; —
le couvent des Dames S. Benoît (1) que l'on partagea en
deux quartiers pour les deux sexes ; — enfin la Visitation, qui fut occupée du mois de messidor an II à la fin
de pluviôse an III. Les Visitandines y furent transfé-
rées en sortant du couvent de S. Benoît.

Ces maisons de détention regorgeaient de prisonniers :
la municipalité et le comité révolutionnaire étaient sans
cesse occupés de pourvoir au logement de ceux qui
arrivaient (2). En effet, à l'éternel honneur du diocèse,
la plupart des ecclésiastiques refusèrent le serment :
or ceux qui étaient dans ce cas devaient se présenter
eux-mêmes pour être déportés ; se cacher, c'était jouer
sa tête. Pour les religieuses, qui presque toutes repous-
saient le serment, il y avait aussi de grands dangers à
essayer de se dérober aux recherches.

Les Visitandines, prisonnières dans leur propre maison, y furent réunies à des religieuses de divers ordres,
au nombre de cent vingt environ. L'espace était très
insuffisant, puisque les officiers municipaux, en 1790,
avaient jugé que le couvent pouvait contenir 45 personnes. La nourriture était détestable, au rapport de l'une
d'elles : du pain noir et des ragoûts apprêtés de telle
sorte que pour y toucher il fallait être pressé par la
faim. Les repas se prenaient en commun. On s'appliquait à mener une vie édifiante, chacune se confor-
mant au règlement de sa propre communauté.

Pendant qu'elles supportaient ainsi les souffrances

(1) Le Lycée actuel.

(2) Novembre 1792, la municipalité fait connaître que la maison commune ne peut plus contenir les prêtres qui se présentent pour y entrer.
On propose de les loger à St-Benoît.

4 frim. an II : On s'est assuré que la maison Notre-Dame (de S. Benoît)
peut encore contenir 30 à 40 prêtres, avec quelques réparations.

8 ventôse an II : Vu la pénurie des grains et le nombre des religieuses
réfractaires à la loi, de divers districts, le comité propose de les renvoyer
dans leurs districts respectifs. (*Séances du comité révolutionnaire.*)

de la captivité pour la cause de la religion et de la conscience, un autre sacrifice d'une grandeur suprême était demandé à l'une de leurs plus jeunes compagnes, réfugiée dans sa famille (1).

Dans la nuit du 24 au 25 messidor an II, un charretier sortant de Neuvic rencontra trois inconnus voyageant à pied, qui lui demandèrent le chemin du *Puy-de-Pont*, hameau dépendant de la commune. Le maire en fut promptement informé ; et comme il avait reçu le signalement de prisonniers évadés, qu'il était préoccupé d'ailleurs, suivant son expression, « du nombre des intrigants qui parcouraient les endroits pour mettre des entraves à l'intérêt de la République », il se rendit le 27 au Puy-de-Pont, à 11 heures du soir, et fit cerner par la garde nationale une maison suspecte d'incivisme, celle de Jean Delord. Il opéra une perquisition minutieuse, mais ne trouva en dehors des membres de la famille qu'un seul des trois étrangers signalés. Il l'interrogea, reçut aussi les explications de Delord, de sa femme, de ses trois enfants, de ses deux domestiques et arriva à constater que le nouvel hôte de cette demeure était un ecclésiastique, l'abbé Antoine Lavergne, âgé de 29 ans, vicaire de S. Silain et aumônier de l'hospice de Ste-Marthe à Périgueux, non assermenté.

L'abbé Lavergne connaissait depuis plusieurs années la fille de Jean Delord, nommée Catherine, âgé de 26 ans. C'était l'une des trois religieuses novices (2) qui à la Visitation, en 1790, avaient demandé avec tant d'instance à conserver la liberté de prononcer leurs derniers vœux. Elle lui avait offert un refuge dans la maison de son père, ce qu'il avait accepté.

---

(1) Les détails qui suivent sont empruntés à l'ouvrage *Le Tribunal révolutionnaire dans la Dordogne*, qui reproduit les pièces officielles des procès.

(2) Elle se destinait à être sœur converse.

Relever ces simples faits, c'était désigner à la mort, d'abord le prêtre fidèle, coupable de ne pas être allé demander la réclusion et la déportation ; ensuite toutes les personnes de la maison Delord, devenues complices de son crime en contribuant à lui fournir une retraite.

Le maire ne voulut ou n'osa relaxer aucun d'eux, pas même le plus jeune des fils de Delord, âgé de 9 ans, ni une petite servante de 12 ans : tous les huit furent envoyés par lui au comité révolutionnaire de Mussidan. Là les interrogatoires recommencèrent. L'abbé Lavergne, essayant à peine de se disculper, chercha surtout à dégager la responsabilité de ses généreux hôtes. Quand on lui demanda s'il connaissait la loi relative au serment des ecclésiastiques : — Oui, répondit-il, je la connaissais, mais je n'ai pas voulu m'y conformer, parce que ma conscience s'y oppose.

Pour Catherine Delord, la noble et simple fille, en lui offrant un asile, avait méprisé le danger ; elle entrevoyait maintenant les apprêts du supplice, aussi ses premières réponses trahissent un trouble et un effroi bien légitimes. Mais elle se domine bientôt pour s'efforcer de sauver ses parents ; elle affirme que son père, absent, a ignoré le court séjour de l'ecclésiastique à la maison ; que sa mère l'a vu, mais a ignoré sa qualité. Appelée aussi à déclarer si elle connaissait la loi : — Non, dit-elle, je ne connais que mon chapelet !

L'accusation fut maintenue par le comité contre eux d'abord puis contre les deux époux Delord et leur fils aîné. Ils comparurent le 3 thermidor an II devant le tribunal révolutionnaire de Périgueux, qui fonctionnait depuis quatre mois environ (1).

On a dit de lui qu'il avait été relativement modéré

----

(1) Il siègea du mois d'avril 1793 au mois de septembre 1795, jugea 80 affaires et prononça 24 condamnations à mort, dont 21 furent exécutées à Périgueux. Voir l'ouvrage déjà cité.

et avait fait moins de victimes que d'autres. Mais il avait été institué comme les autres pour appliquer des lois de sang, et ce jour-là il ne faillit pas à cette sinistre mission. S'il daigna faire grâce à Jean Delord et à son fils, il condamna l'abbé Lavergne, Catherine Delord et sa mère à être exécutés dans les vingt-quatre heures(1).

La sentence était prononcée le matin ; — à 3 heures après midi le prêtre martyr du devoir, la généreuse novice de la Visitation, l'humble et chrétienne femme de la campagne montaient à l'échafaud sur la place de la Clautre, en s'exhortant mutuellement, dit un témoignage contemporain, à mourir avec courage pour la cause de Dieu. Détournons la tête devant les bourreaux, mais glorifions la mémoire des victimes, tombées en laissant à leurs compatriotes et à tous les chrétiens ces sublimes exemples !

Six jours après, on était au 9 thermidor, Robespierre et sa dictature disparaissaient dans une dernière scène de carnage, la France commençait à respirer. Le comité révolutionnaire de Périgueux félicita la Convention d'avoir vaincu la faction de la Montagne comme il l'avait félicitée de lui avoir donné la victoire au 31 mai. Cependant la réaction qui se dessinait lui donna bientôt des inquiétudes : il envoya aux citoyens une adresse contre le *modérantisme* ; il protesta le 3 frimaire an III contre l'indulgence manifestée par le tribunal révolutionnaire à l'égard des parents d'émigrés, déclarant que pour son compte il serait toujours inflexible et que tous ses membres seraient au besoin *martyrs de la liberté*. Leur seul martyre consista à devenir inutiles et à perdre leurs traitements. Un nouveau comité fut installé par le représentant Bordas le 9 ventôse suivant.

(1) Voir le jugement à l'appendice, n° 7.

De nombreuses demandes de mise en liberté provisoire avaient été accueillies par Pélissier, un autre délégué de la Convention ; le 2 nivôse, Bordas prononça l'élargissement général des personnes soumises à la reclusion.

Quatorze Visitandines qui avaient leur couvent pour prison demandèrent à user de leur liberté nouvelle pour y rester. Bordas les y autorisa, sous la réserve des arrangements à prendre avec le fermier à qui la jouissance de l'immeuble avait été concédée au nom du domaine national.

Mais vivant dans leur ancienne retraite ou bien dispersées au dehors, les religieuses à qui l'on avait tout enlevé continuaient à souffrir une cruelle pénurie. Les sœurs de la Visitation mirent tout en œuvre pour y remédier : on les vit s'adonner à divers travaux, se placer comme institutrices, ouvrir une petite école publique. Au milieu de leurs occupations, elles recherchaient les bonnes œuvres qui étaient en leur pouvoir, visitant les pauvres, cherchant à soulager les malades, s'appliquant surtout à procurer à ceux-ci les secours religieux de la dernière heure, chose si difficile en ce temps de persécution. La sœur Lamy se distingua si bien par son zèle et son habileté dans ces soins envers les malades, qu'on l'avait surnommée le *médecin des basses-rues.*

Elles eurent la consolation de ramener à la saine croyance des personnes qui s'étaient séparées de l'Eglise ; elles avaient eu déjà le mérite de retenir sur la pente du schisme des ecclésiastiques que les épouvantables menaces des nouveaux tyrans faisaient chanceler.

Bientôt la faculté de résider encore à leur foyer d'autrefois leur fut retirée. La confiscation de 1790 reçut son dernier accomplissement. Le 17 germinal la vente définitive « du ci-devant monastère » était réalisée aux enchères publiques par les agents du Domaine, pour le prix de 90 mille livres (1). L'adjudication comprend la maison, l'enclos, l'église et généralement tout ce qui est « enfermé de murailles. » Il est fait réserve « du » mobilier et de toutes les boizures qui sont dans la » ci-devant églize ou dans la sacristie. »

L'acquéreur s'oblige à conserver « le monument (les Arênes) situé au milieu de l'enclos... et à en procurer le spectacle aux curieux » ; s'il veut s'affranchir du passage du public sur son terrain, il pourra entourer ce monument d'une muraille et pratiquer une porte dont la clef sera déposée à la municipalité.

Des riches « boizures » nous savons aujourd'hui qu'un débris précieux, le maître autel, a survécu ; le reste aura été dispersé ou détruit. Quant au mobilier de l'église et de la sacristie, aux ornements sacerdotaux, aux vases sacrés, les documents du temps ne nous ont pas permis d'en retrouver la trace ; sans doute ce qui provenait de la Visitation a été confondu dans la masse du linge et des ornements d'église vendus indistinctement à l'encan par les commissaires du district (2) ou dans les articles d'or et d'argent dérobés aussi aux églises et apportés par les commissaires spéciaux au comité révolutionnaire (3).

Mais on ne doit pas s'étonner beaucoup qu'à certaines époques en particulier des objets mobiliers disparaissent sans laisser de traces. Ce qui a vraiment le

---

(1) Au mois de germinal an III, les prix de vente de biens nationaux étaient encore reçus en assignats. Le discrédit de ce papier-monnaie était devenu énorme, il variait suivant les provinces, mais il atteignait facilement 80 p. 0|0. Ainsi les 90 mille livres ont pu être payées avec 18 mille francs en espèces.

(2) Dans la seule journée du 29 fructidor an II, il fut vendu 237 chasubles, 74 dalmatiques, 39 chapes, 4 draps mortuaires et un grand nombre d'autres ornements. Le tout ne produisit que 4120 livres.

(3) Le 18 frimaire an II, il fut donné à l'un des commissaires un reçu de nombreux articles, parmi lesquels 2 ostensoirs, dont l'un en or, 10 calices en argent, des custodes, des encensoirs provenant de la Cathédrale. Ces objets précieux devaient être envoyés à la Monnaie.

droit de nous surprendre, c'est la disparition complète, sans l'ombre d'un vestige, de la grande église encore récente et de tous les bâtiments qui l'entouraient. Les ruines mêmes en ont péri ; pas une pierre ne se dresse sur le sol pour rappeler au promeneur indifférent du nouveau jardin public que pendant un siècle et demi magistrats et clergé, peuple et noblesse sont venus là, devant la grille d'un cloître, pratiquer la fraternité de la foi et confondre leurs rangs dans les grandes manifestations de la piété. Les représentations du Calvaire imaginées par les religieuses, ne masquent plus les loges de l'amphithéâtre païen, mais les formes de la courtisane Phryné moulées sur le bronze, s'y montrent sans voile.

Ce passé dont l'empreinte extérieure est si bien effacée mérite au moins d'avoir sa place marquée dans nos souvenirs. Il ne fut pas sans honneur pour le corps de ville et pour les habitants qui avaient appelé au milieu d'eux les filles de Saint François de Sales, qui les adoptèrent et les secondèrent fidèlement dans leur œuvre d'édification ; il eut ses jours de gloire pour la communauté qui, après avoir débuté avec Rose d'Angennes de Maintenon, prospéré sous la mère Brulart, couronna son existence sur l'échafaud de Catherine Delord. Entre les congrégations et nos anciennes municipalités il y eut ainsi de fréquentes alliances qui contribuaient puissamment à maintenir l'esprit religieux dans les mœurs et la paix sociale entre les classes, car les monastères, malgré des abus trop certains, ne cessèrent pas d'enseigner aux uns l'estime de la pauvreté, aux autres les devoirs de la subordination : ils avaient été le berceau des confréries, le modèle des corporations ; leur maison ou leur église était aux jours de fête le rendez-vous aimé des ouvriers.

C'est avec de tels moyens que notre société d'autrefois put résister durant tant de siècles aux plus

terribles commotions, protégée par une double sauvegarde, la fidélité aux principes religieux, la stabilité de
la loi politique.

———

En 1806, un décret impérial ayant autorisé les Visitandines à se réunir en communauté, elles s'établirent
au quartier du Toin, au-dessous de la cathédrale
S. Front, dans une maison donnée par M. l'abbé
Lasserre.

Elles agrandirent peu à peu cette habitation, rouvri-
rent leur pensionnat en 1812, reçurent en 1826 l'autorisation définitive de leur communauté par ordonnance
royale, et en 1837 achetèrent l'ancien enclos des Cordeliers, où elles sont aujourd'hui.

APPENDICE

PIÈCES JUSTIFICATIVES

1.

Contrat de noviciat d'une visitandine (1).

Au nom de Dieu et de la glorieuse Vierge Marie et le cinquiesme du mois de may mil six cent quarante-ung, après midi, en la Citté de Périgueux, et audeuant la grilhe et parloir du monastère des filles de la Visitaôn Sainte-Marie, pardeuant le not^{re} soubz signé, prés^{ts} les témoins baz nommez, ont esté prsts deuote mère Gasparde de la Graue, sup^{re}, sœur Marie-Gabrielle de Gondras, assistante ; Marie-Catherine Chariel, Claire-Françoise de Montaignac, Roze-Angélique Dangennes, religieuzes dudict monastère de la Visitation Sainte-Marie, d'une part, et M. Me Mathurin Fournier, chirurgien-medecin ; Marie Couche, dam^{elle}, conjoinctz, et Honorette Fournier, dam^{elle}, leur fille naturelle et légitime, habitantz de lad^{te} ville de Perigueux, d'autre part, laquelle Fournier fille a dict, sestant adressée à lad. mère sup^{re} et auxd. sœurs conseillhères, et leur donné a entendre avoir ung entier desir et vollonté de se rendre religieuze et avoir faict son option au présent monastère pour y estre reçeue soubz le bon plaisir de Monseig^r l'euesque et y viure et mourir soubz les règles et constitution de leur ordre, priant à cet effect lesd. s^r Fournier et Couche, ses père et mère, de donner à ce bon et louable subiect leur assentiment, ce qu'ils auroient consenty correspondant à la vollonté

---

(1) Archives notariales de la Préfecture.

de leur fille, auroient semblablem¹ prié lesd. mère et sœurs de recepvoir leurdicte fille, ce qu'elles auroient accordé apres auoir recongneu la deuotion de lad. Fournier pour lequel effect elles offrent la recepvoir dans leur monastère comme lune des religieuzes de leur ordre de la Visitaòn Sainte-Marie au pt monastère pour luy estre baillé l'habit de probation quand elle sera trouuée capable par le chapitre et le temps du nouliat finy faire par elle profession de religion pour viure et mourir soubz les règles, statuts et institutions dud. ordre, auec les autres religieuzes sœurs du cœur. En faveur de quoy et affin que lad. Fournier ne soit à charge audict monastère, lesd. sʳ Fournier et Couche, damᵉˡˡᵉ, conjoinctz, luy ont constitué présentem¹ sur leurs biens, sçauoir : du chef dud. sʳ Fournier, la somme de dix-huit cents liures, et du chef de lad. Couche, damᵉˡˡᵉ, deux cents liures, faisant le tout deux mille liures, tant pour la dot que habitz, outre et pardessus l'ameublement (trousseau) que led. sʳ Fournier a donné par anticipation et qui a esté reçu par la sœur et couvent dudict monastère par ledict contract et duquel ameublement icellui sʳ Fournier est et demeure par ces présentes vallablement deschargé par lad. mère supʳᵉ et aultres pour l'advenir ne luy en estre faict aulcune demande, comme aussy a presentement lad. sœur reconnu la somme de trois cents liures, savoir : cent liures pour la pantion de lad. Fournier pendant son novitiat et les deux cents liures sur tant moings de la constitution dont led. Fournier est et demeure déchargé. Et pour les dix-huit cents liures de lad. constitution seront payables par lesd. Fournier et Couche solidairement lors de la profession de lad. Fournier leur fille.

Moyennant laquelle constitution qui demeurera acquize irrévocablement au monastère, lad. Fournier fille, de son bon gré et du consentement et autorité des mère supérieure et aultres, a renoncé et renonce en faueur de ses père et mère ou de leur principal héritier, à tous droits paternels et maternels, avitiers et collatéraux, supplément de légitime et toutes autres successions échues ou à échoir, ce qui est accepté par lesd. sʳ et damᵉˡˡᵉ tant pour eulx que pour leurs héritiers ; et aduenant où lad. Fournier viendrait à mourir ou à sortir dud. monastère après la prinse de l'habit de nouice qu'à Dieu ne plaise ou qu'elle ne fit sa profession, lesd. sʳ Fournier et Couche, damᵉˡˡᵉ, demeureront dechargez du paiement de lad. constitution, demeurera l'ameublement acquis aud. monastère, ensemble la somme de cent liures versée sur lad. dot et les deux cents liures de la pantion au prorata seront restituables du jour de sortie... Ce qui est dhuement authorizé par la présence de Mʳ. Mess. Martin, prêtre magistrat au siège de Périgueux, comme père spirituel... et la mère supʳᵉ et sœurs obligent tous les biens présents et à venir dud. monastère solidairement sans bénéfice d'ordre, ce qui est de lui accepté.

En présence de M. Mᵉ Léonard Duban, docteur en médecine, de Joseph Barriassou, marchand facteur d'habits de lad. ville, qui ont signé avec les parties, sauf lad. Couche qui a dict ne savoir de ce interpellée.

(Signé) Sœur Françoise-Gasparde de la Graue, supérieure — s' Marie-Gabrielle de Gondras — s' Marie-Catherine Chariel — s' Claire-Francoyse de Montaignac — s' Roze-Angélique Dengenne — Martin, prt à ce que dessus — Norete Fournier — Fournier, contractant — Barriassou pnt — Duban pnt.

Delabrouhe n'°.

2.

Procès-verbal de l'état du monastère de la Visitation (1).

Cejourd'huy premier jour du mois dapuril mil six cent quarante quatre, Nous official et vicaire general de monseigneur l'illustrissime et reverandissime Euesque de Perigueux en consequence de son ordonnance du vingt neufuieme du mois de mars dernier portant que auant faire droit de la requeste presantée à sa seigneurie par les debuotes religieuzes les filhes de la Vizittation Sainte Marie en la Citté de Perigueux nous sommes commis pour faire procès verbal de l'estat du jardin et enceinte premiere du dict monastère ensemble des lieux acquis de nouveau et marquer ce qui sera necessaire pour la clotture diceux.

En exécution des dictz ordres nous sommes randus audit monastère en compagnie de monsieur maistre Pierre Alexandre prêt conseiller du roy au siège prezidial dud. Perigueux et sieur de Fonpitou que nous auons prins doffrir pour nostre assistant et après auoir faict entendre a la sœur portiere dudict monastere le suiect de nostre arriuée la sœur Roze Angelique Dangenes de Maintenon assistante, acompanée des sœurs Marie Passifique Collet directrisse des nouices Claire Francoize de Montagnac œconome nous auroit faict ouurir la porte du dict monastère et receu à l'Entrée dicelluy auec le respect a nous deub et faict les escuzes de la mère suporieure Francoize Gasparde de la Graue detenue au lit mallade depuis deux mois et nous auroit en suitte mené dans leur entier jardin dependant de la maison que nous auons trouvé petit estroit de la grandeur denuiron deux thiers de journal ou il y a quelques carreaux de fleurs pour lornement de lautel et les autres plains de quelques herbages en assez petite

---

(1) Registre des contracts permanents, à la Visitation.

quantité ledict jardin aboutissant aux vieilhes mazures du lieu appelé les *Cacorottas*, autrement les emphitheatres, du hault desquelles mazures ont regarde avec ayzance non seulement dans ledit jardin qui est audessoubz mais mesme dans le logis.

Nous auons esté en suite conduictz dans un petit lieu estroit long tout autant que ladicte maison est longue en forme de basse-cour ou halée dans laquelle prouizionnellement il y a heust benediction dun simetière pour les sœurs quy sont décédées depuis leur establissement, la largeur dudit lieu plain de pierre forny de quelques arbres preuniers au nombre de dix ou douze estant de quatorze ou quinze pas au plus, joignant pareilhement lesdites mazures des emphitheatres, dans laquelle place de jardin susdit dependant de lad. maison premierement acquize nous avons recogneu qu'il ny avoit pas de lieu à pouuoir faire sufizamment le jardinage du monastère ni de lieu a faire planter arbres pour la commodité et utilité, oultre que la proximité desdites mazures emphitheatres nestant que de quatorze ou quinze pas de la maison où lesdictes filhes habitent et commandant a tout ce qui estait tant dudict jardin que de la dicte maison, il paroit auoir esté necessaire tout a fait dacquerir lesd. mazures et plassage des emphitheatres du sieur Duchaine, aduocat du roy, propriétaire dicelles,

Et nous estant faict conduire par les dictes sœurs dans lesdictz lieux par elles acquis dudict sieur, nous serions entrez dans le rond desdicts emphitheatres lesquels nous aurions trouvés tout ruynez par lentiquite et qu'azy toutes les grotes entierement demolies et beaucoup de uide entre plusieurs dicelles en telle sorte que de tout costez on pouuait voir ayzement et entrer sans aulcune difficulté dans ledict rond desdictes mazures demphitheatre, est ce par deux costez ung dune certaine petite vigne basse du clos garny de treilhage ayant appartenu au sieur Banaston tout ouuert du coste du grand chemin et sans muralhe au moins qui peust empescher l'entrée et l'autre du costé d'une vigne basse et autre petit jardin ayant appartenu aux héritiers du sieur Moisson et cydevant aux héritiers du feu sieur Baynet bourgeois de Perigueux, lesquelz deux lieux de Banaston et de Moisson enuironnant la moytié du dehors des grotes ou mazures desdictz amphitheatres acquis dudict sieur Duchaine mesme iceux Banaston et Moisson ayant droit et jouissant de quelques unes desd. grotes qu'ilz foizoient seruir de petites caves et estables a fermer du bestall donnoit une continuelle liberté au peuple daller voir dans lesdictes mazures, entrer au fond dicelles et de lat dans la petite Enceinte du monastere desdictes filhes, sy bien qu'il ny auoit aulcune seureté pour elles comme de faict les Larrons ont esté plusieurs fois a ce quelles nous ont représenté proche et au dessoubz des fenestres de leur maison pour les voller et leussent faict sans ce que quelques unes sœurs quy velhoit pour les mallades les descouurirent et il nous a apparu a leuil quil est fort ayzé d'y entrer, ny ayant en quelques endroitz aulcune fermeture du costé du jardin.

Et daultre part la clotture reguliere leur estant sy fort recommandée et pratiquée exactement en tous leurs monasteres il leur estoit bien sencible de ne la pouuoir garder avec ceste rigueur quy leur est prescripte ou bien il falloit renoncer a jamais a tout divertissement et à pouuoir sortir hors de leur maison et halée seruant en partie de simetière, encore étoit-il facile de les voir du hault desdictes mazures ainsin quelles nous ont assuré leur estre souuent arrivé que diuerses personnes les ont regardées de dessus les grottes.

Sur quoy après que nous auons particulièrement veu et remarqué tous lesdilz lieux il nous a semblé impossible de faire en tous les endroits desdictes emphitheatres ruynez et désolez aucune muralhe ou par le hault ou dans lentredeux desdictes grottes qui peust seruir de clotture ny autrement et tousiours les clos et jardins desd. Moysson et Banaston parprenant auxdites grottes seruaient dempeschement a ceste mesme clotture quand lestat du lieu comme il est de present ny heust rezisté de façon quaprès auoir considéré tous lesdits lieux acquis par lesdictes filhes du sieur Duchaine et dun autre qui auoit quelques escaz au milieu du bien dudict sieur ensemble les lieux acquis desdictz Banaston et Moisson et faict tout le sircuyt diceux,

Nous avons estimé et jugé qu'il a esté absolument nécessaire dachapter lesdictz lieux et iceux joindre a leur maison et premier jardin et ne se pouuoit faire aultrement sy le monastère nen deubt demeurer perpétuellement ouuert aux yeux de tout le monde expozé aux volleurs et à mille autres accidentz quy ne sont que tropt souvent arriuez dans lesdictes grotes au grand escandalle du public et offance de Dieu en suitte a tous les dangers où les maisons des filhes dont la clotture nest pas parfaitte et regulière peuuent estre subjectes.

Oultre que la maison où elles habitent et leur chapelle ne deuant estre que par permission veu leur petitesse et incommodité, il leur a falleu pour le moins acquérir lesdicts lieux joignant leur dicte maison pour y pouuoir au plus tost que Dieu leur permettrat bastir le monastere avec leur clotture esglize departement des tourières et autres édifices portez par le plan et deuis des batimants marquez dans leur coustumier pour luniformité de tous leurs couuent et pour ce faire il leur est requis une place dassez grande capacité.

Et partant nous estimons que tous lesd. lieux par elle acquis leur sont absolument nécessaires sans lesquelz il ne se peut obseruer de régularité prescrite par leur Institut et telle que mond. seigneur entend estre gardée en tous les monasteres dependant de sa seigneurie et pour ces moyens une parfaite observance suiuant le dezir desdictes filhes de la Visitation dont les louables desportement sont a concilation (consolation) a mondit seigneur et a bonne odeur a tout le peuple de ceste ville et province.

Nous leur auons marqué les endroits où elles doibuent prandre *com—*

muro et continuer la muralhe seruant de cloture aux lieux par elle acquis du costé du grand chemin, scauoir, depuis lentrée du jardin dudit sieur Duchaine proche du vieux clochier de lesglize cathedralle tirant le long des muralhes de lentier reffectoire de messieurs les chanoisnes de ladite esglize et après le long et au dessoubz les muralhes de lentier jardin du chasteaud episcopal, jusques au jardin appartenant de présent à Roye le marchand de ceste ville et destournement tout le long du grand chemin public qui vat de la place appelée dentre les deux villes au couuent des peres Jacobins dun costé et de l'autre dessandant au moulin appelé du Rousseaud, jusques à la muralhe appartenant auxdictes religieuses et bastie par elles de nouveaud vis a vis de la maison jardin du sieur Sour, aduocat, ledit grand chemin entre deux,

Laquelle dicte muralhe ainsin faicte, de telle haulteur quest celle quelles ont cideuant faict bastir enfermerat tous lesdictz lieux des sieur Duchaine, Moisson et Banaston, et tiendrat ledit monastère dans lassurance et hors de tous dangers et donnera moyen auxdictes religieuzes de vaquer à la parfecte régularité et obseruance de leur sainct Institut et au lieu que dans lesdits lieux ouuers a toute sorte de maux, il sy est ci deuant commis beaucoup de noires et infames actions nous auons tout suiet de croire voire nous confions plènement quil sy fairat des prières et quantité dactes de religion et de debuotion a la plus grande gloire de Dieu.

Et neantmoins pour une plus ponctuelle regullarité et suiuant mesme louverture quy nous en a esté faite par lesdictes religieuzes nous estimons quen lendroit où lesdictz lieux par elles acquis joignent les muralhes du jardin épiscopal et de messieurs les chanoines cathedraux, elles reculeront leur muralhe denviron une toize sauf à elles toutesfois de se pouvoir seruir a autres uzages de la rue que fairat separation de leurdicte muralhes dans cellui de mondict seigneur leuesque et mesdicts sieurs les chanoynes comme estant plassage propre et particulier auxdictes religieuzes.

Dont et dequoy nous auons faict et dressé notre présent procès verbal pour seruir aux dictes religieuzes ce que de raison et destre ordonné par mondict seigneur Illustrissime euesque ce que sa prudance paternelle en aduiserat.

Ainsi signé : Jonjay, vicaire général, et Alexandre.

Concession des arènes aux religieuses de la Visitation (1).

Sur ce qui a esté proposé par monsieur Jacques de Grauier, sieur de Puigrand, conseilher magistrat au siège prezidial de la ville de Perigueux et maire de ladicte ville, Et en presence des sieurs consulz et saindict, que les filhes religieuzes de la Vizitation Saincte-Marie remonstrent par une requeste, quayant pleu a la communauté de la présente ville de prester son consentement à leur establissement au lieu de la Citté, dès l'année mil six centz quarante–un, elles ont esté contrainctes pour pouuoir vivre dans lobseruance de leur regle et conformément a listitut acquerir certains heritages joignant leur monastère et dans lequel les entiens grottes et emphiteatres se trouuent comprins et dautant que lesdictz proprietaires desdictz biens jouissoint par cideuant dudict lieu sans contredict et a tel usage que bon leur semblait, comme vrays maistres dicelluy ainsin quil a esté notoire à un chascun mesmes en consequance des aliennations et bail enfitéatique quil leur en auoit esté faict par ladicte communauté et que dalhieurs tel lieu seruoit ordinairement de retraite aux femmes débauchées et autres..... de mauuaize vie, en quoy lhonneur de Dieu estoit grandement offancer et le public escandalizé par tels vitieux deportement,

A raizon de quoy, pour pouuoir vallahlement obseruer la cloture religieuze enjoincte tant par les sainctz decret de lesglize, ordonnances de nos roys que par celles de monsieur leuesque ill[is] déziroient faire fermer certain petit chemin par lequel on avait acoustumé de se randre aud. emphiteatre sans lequel il est impossible de faire aulcune clotture regulière ny estre en aulcune seureté,

Aux conditions quelles nentendent desmolir en aulcunes fassons les dictes restes demphiteatres pour la conseruation de telle antiquité considerable à la représentation de ladicte ville et que oultre ce pour recognoissance dune telle fabueur elles se veulent obliger de faire sélébrer annuellement a tel jour quy sera marquer une messe pour la prosperité desdictz sieurs maire et consulz et de tous les habitans en général en laquelle lesdictes religieuzes fairont la saincte communion a ceste intantion, et offrir un cierge de cire blanche du poix dune livre audict sieur maire ou celluy quy tiendra sa place, lequel luy serat

(1) Registre des contracts permanents.

ofert par le treillis ou grilhe de lesglize par la mère superieure ou en cas de legitime empeschement par la sœur assistante ou autre qui tiendrat le second lieu et aura charge dudict monastère,

Et autrement ainsin quil est porté par ladicte requeste et memoires y attachés, et après lecture faicte de la requeste desdictes religieuzes de la Vizitation de lescript attachée à icelle contenant les moyens de lentérinement d'icelle et leur offres quy demeureront dans le cabinet de la maison de ville,

Et veu les procès-verbaux faicts par monsieur le vicaire-general le seiziesme jour du mois de apuril suivant lordonnance du seigneur euesque du vingt neufuiesme du mois de mars pressédant, ensemble le procès verbail des sieurs maire et consulz,

Et considéré que le public nest autrement intéressé dans lestat ruineux ou sont a pnt lesdicts lieux et heust egard aux grandz et notables inconvénients qui pourroient arriuer par louuerture dicelluy chemin soit pour le particulier desdictes filhes religieuzes et dont la clotture religieuze se recognoit empeschée par ce moyen, et le libre exercice de leurs fonctions retranché, soit encore pour obvier aux grandz maux et offances qui y pourroient estre commizes contre lhonneur de Dieu, a quoy les magistrats doibuent auoir un particulier soingt,

Et veu dalheurs le bon exemple et satisfaction que lesd. filhes ont randu au public par leur vertu et debuotion,

A esté arresté quil serat permis et loizible auxdictes religieuzes de ranfermer dans leur clotture ledict chemin de la mesme sorte quelles ont fermé le restant de leur enclos,

. Aux conditions néantmoins quelles ne pourront desmolir ce quy reste desdictes grottes ny oster ou transporter aulcunes pierres dicelles pour quelque cause que se soit et seront obligez de faire selebrer annuellement une messe pour la prospérité des sieurs maire et consulz et habitants de la presente ville le jour et feste sainct Louis et commenceront la presante année au vingt cinquiesme daoust prochain, jour de sainct Louis, à laquelle messe les maire et consulz assisteront auec leurs liures et au commencement dicelles serat offert par la mère superieure ou assistante en cas danpeschement un cierge de sire blanche du poit dune liure aud. sieur maire ou sieur consul faisant chef en absance dudit sieur maire,

Conformément a quoy le saindict en passera contract avec lesdictes religieuzes ou leur supérieure, dont coppie sera remize dans le cabinet de la maison de ville auec la requeste par elles présantée et escript attaché à icelle et procès-verbal dudict sieur vicaire général,

Avec reseruation que le saincdict fairat tant de la renthe deue sur lesd. lieux que..... *(un mot illisible).*

Faict en la maison de ville commune de consulat en lassemblée tenue le vingt-septiesme juilhet mil six cent quarante quatre.

Ainsin signez a loriginal des presentes Champagnac premier prezidant — Simon — Jonſay — Bourdier — R. de Langlade — Du Reclus — Alexandre — Arbert — Dhuard — Alexandre — Duchaine premier aduocat du roy — Montozon aduocat du roy — Dejean — Alexandre Bourdier — Chalupt..... du Verneuil — Dartensec — Gelin — d'Aymon -- Giraud — Oudoin — Bertin — Drapeyroux — Montozon — M. Fayolle — Grilhe — J. Bastissas — Laulanié le jeune — Raynaud greffier.

4.

Requête et ordonnance pour l'érection de la confrérie de St François de Sales (1).

A Monseigneur lévesque de Périgueux.

Monseigneur,

Les Mere et consuls de la ville de Périgueux vous remontre que les habitants d'icelle ont toujours eu une grande vénération pour la mémoire du glorieux saint François de Sales, évèque et prince de Genève, et ont receu par intercession de ce grand prélat des marques de sa protection singulière en plusieurs rencontres publiques et particulières. Il vous est conu, Monseigneur, que les filles de la Visitation Ste Marie establies dans la citté seruent tres utilement Dieu et le public par leurs bons exemples et les instructions pieuses quelles donnent aux jeunes filles des principales familles de vostre diocèse, et quelles remplissent et secondent dignement les saintes intentions de leur glorieux fondateur ; et parceque ladite communauté désire luy témoigner sa reconnaissance et qu'en plusieurs villes principales de ce royaume nos seigneurs les évesques, sur la requisition de leurs diocésains, ont establi une confrérie à l'honneur de ce grand saint dans les esglises des monastères de la Visitation, ainssi que cela vous est conu, Monseigneur, par les liurets qui vous ont esté représentés contenant létablissement des dittes confreries pour les personnes pieuses de l'un et de l'autre sexe, à ces causes, les dits mere et consuls au nom de la communauté des dits habitants, vous supplie, Monseigneur,

(1) Archives de la Visitation.

de vouloir ordonner une semblable confrérie à la plus grande gloire de Dieu, l'honneur de ce grand prélat et la consolation des dits habitants les quels y continueront à prier Dieu pour votre conservation.

(Signé) De CREMOUX, maire de Périgueux — De CHIGNAC, premier consul — BOUCHIER, consul — LAULANIÉ, consul — MALET, consul.

————

Guillaume, par la grâce de Dieu et du saint siège apostolique, éuèque de Périgueux, conseilher du Roy en ses conseils, à tous les fidelles de nostre diocèse salut. Inclinant à la priere de mess⁽ˢ⁾ les mere et consuls de la p⁽ᵗᵉ⁾ ville et désirant procurer laugmentation de la déuotion et feruer des chrétiens de l'un et de l'autre sexe enuers le bienheureux saint François de Sales, éuesque de Geneve, nous permettons aux filles de la Visitation fondées dans la cité de la p⁽ᵗᵉ⁾ ville destablir une confrairie en lhonneur de ce grand saint éuesque, où les fidelles de lun et de lautre sexe puissent senroller et participer aux graces et priuileges qui seront accordés à la-ditte confrairie et pour cet effet nous désignons le grand maitre autel de leur églize pour y faire les déuotions particulières les jours qui seront marqués pour cela, auquel maitre autel nous permettons de mettre un tableau de saint Francois de Sales pour marque de lestablissement de ladite confrairie, et nous accordons pour tous ceux et celles qui y seront enrollés et qui auront fait une bonne confession et communion le jour et les feste dudit saint Francois de Sales, quarante jours dindulgence dans la forme ordinaire de l'Eglize, désignons en outre le jou des Innocents, jour de la mort dudit saint Francois, pour estre la feste-principale de ladite confrairie et le jour que chaquun des confrères puisse et doive donner des marques de sa déuotion. Donné à Périgueux le troisieme may mil six cent quatre vingts cinq, dans notre palais Episcopal.

(Signé) G. E., de Périgueux.

Par Monseigneur

MASSENAT, secret.

5.

Le maître autel de la Visitation.

Au cours de la publication de notre travail dans la *Semaine religieuse*, nous avons reçu la lettre suivante, qui contient des renseignements des plus intéressants sur ce monument :

« Monsieur,

» En décrivant l'ancienne chapelle de la Visitation, vous avez parlé d'un grand rétable qui, derrière le maître-autel, s'élevait sur une hauteur de trente-six pieds et une largeur de vingt-quatre.

» Je puis vous donner des nouvelles de ce rétable que vous avez cru, sans doute, détruit avec l'ancienne église. La petite paroisse de Béleymas le possède : c'est presque une découverte.

» Après la Révolution, M. l'abbé Cogniel, curé de Beleymas, mort doyen de Belvès, en fit l'acquisition, et le plaça dans son église paroissiale. Comment ce monument religieux avait-il échappé à la rage impie des sans-culottes, et en quelles mains se trouvait-il ? je n'ai pu l'apprendre. Toujours est-il qu'on sait ici que c'était l'autel de la Visitation de Périgueux, et qu'il fut acheté dix-huit cents francs, somme assez ronde pour l'époque, qui ne connaissait guère le prix qu'on attache aujourd'hui aux meubles antiques ouvragés. On sait aussi que le susdit curé ne pouvant loger dans un sanctuaire trop étroit un ensemble si considérable de colonnes, statues et sculptures diverses, en vendit pour quatre cents francs à son confrère de Montagnac-la-Crempse. Ces pièces détachées furent enlevées nuitamment, de crainte d'une émeute.

» Je me rappelle avoir vu une seule fois, dans mon enfance, ce rétable tel que l'ancien curé l'avait installé. Je fus frappé de cette masse imposante : mais je ne gardai aucun souvenir de la place respective des détails de ce grand autel, unique dans le pays.

» Au moment où je fus nommé curé de Béleymas, la paroisse venait de faire réparer son église. On en avait modifié le plan intérieur, et, l'architecte ayant mis dans l'abside trois grandes fenêtres, il devint à peu près impossible d'y replacer le rétable. Cette difficulté, l'ignorance aidant avec le plaisir de détruire, avait fait venir l'idée de se débarrasser de cette masse encombrante par le moyen du feu : *ululate, sculptores !* — Passons, mais non sans dire que mes paroissiens d'aujourd'hui n'agiraient pas ainsi. Il eût mieux valu, dans l'intérêt de l'art, et par respect du passé, revendre cet autel, le donner même.

» Mais la nécessité sera toujours cruelle, la pauvre commune était épuisée. L'église était réparée, n'ayant pour tout luxe que ses quatre murs bien blancs : pas un autel, et il en fallait trois. Il fut donc résolu que l'ancien serait mis en trois. Le Sénat de Caligula eût approuvé cela : je l'approuvai par nécessité. Ne me faites pas de reproches : le remords est assez grand.

» Deux doreurs habiles, Guérin, et surtout le polonais Joseph, qui avait des connaissances techniques, se mirent à l'œuvre. Le bois ouvragé, tel quel, aux yeux d'un artiste eût mieux valu ; mais le peuple préfère l'éclat de l'or et des couleurs, et d'ailleurs quelques pièces secondaires étaient trop vermoulues pour n'être pas réparées ou refaites. La réparation fut coûteuse et l'effet de ce monument démembré était bien amoindri. Cependant, il y a peu d'églises dans la contrée qui puissent s'enorgueillir de si beaux autels (1).

» Autour des quatre colonnes torses placées dans les chapelles sont enroulés des pampres munis de feuilles et de raisins : ces colonnes présentent cette particularité d'être à leur sommet plus petites qu'à leur base : à cette base sont sculptés les quatre évangélistes avec leurs attributs.

» Un panneau central offre, dans une chapelle, saint François de Sales à genoux devant la statue de la Vierge qui le délivra de la tentation de désespoir, l'épée d'étudiant repose à ses pieds. Le panneau de l'autre chapelle représente une réception de Visitandines. Le saint évêque de Genève en habits pontificaux est assis, ayant devant lui les religieuses à genoux.

» Le tabernacle du maître-autel est, comme il convient, la pièce la plus ornée : les statuettes dans leurs niches, les colonnes torses, les reliquaires, les fleurs au galbe parfait, y sont à profusion. On a placé au-dessus un grand tableau (toujours en bois sculpté). Le Père éternel y tient le globe du monde, et le Saint-Esprit, sous l'image d'une colombe, plane au-dessus d'un Sacré-Cœur. A ce dernier symbole, on reconnaît bien l'or-

(1) L'examen que nous avons fait des lieux avec M. Hardy, archiviste et président de la Société archéologique, si compétent en ces matières, nous oblige à nous écarter sur un point de l'opinion de M. le curé. Les deux autels des chapelles et leurs colonnes ne paraissent pas avoir été détachées du grand rétable : chacun d'eux forme un ensemble complet dont toutes les parties s'harmonisent. Ils proviennent sans doute des chapelles de la Visitation.

L'église de Beleymas aurait ainsi emprunté à celle des religieuses le maître-autel séparé de son rétable ; les autels et rétables de deux chapelles et enfin le panneau en bois sculpté où figure le Sacré Cœur, lequel, par sa forme recourbée, semble avoir été encadré dans la grande boiserie.

dre qui, par l'entremise de sainte Marguerite Marie, a mis en honneu
cette grande dévotion de notre âge.

» Contre le mur, de chaque côté, est placé un buste. Seraient-ce saint
François de Sales et sainte Chantal ? J'ai trouvé dans la tête de l'un de
ces personnages des reliques ; malheureusement elles étaient réduites en
poussière, et les papiers, qui étaient sans doute l'authentique, tellement
ciselés par les mites, qu'il a été impossible d'en déchiffrer un traître
mot (1).

» Je veux mentionner aussi un tableau, peint sur toile, représentant saint
François de Sales debout en rochet, exhortant la fondatrice de la Visitation à genoux. Au second plan, et au-dessus, en petites proportions, on
voyait Notre-Seigneur gravissant le Calvaire, et courbé sous le poids de
sa croix. Cette scène fait peut-être allusion à quelque événement de la
vie de sainte Chantal. Serait-ce aussi un des tableaux dont vous parlez
dans votre notice, comme ornant le chœur des religieuses? Ce dernier
débris, sans grande valeur du reste, était tellement détérioré, que j'ai dû
le faire disparaître.

» Je n'en dis pas davantage sur cette œuvre antique. Ces notes que
j'ai l'honneur de vous envoyer, Monsieur, pourront servir d'épilogue à
votre intéressant travail sur la Visitation, dont je vous remercie avec tous
ceux qui aiment les monuments, l'histoire et les traditions de notre cher
Périgord.

» Veuillez agréer, etc.

ELIE CHAZOT. »

Beleymas, le 27 mai 1891.

(1) L'aspect des deux figures explique bien les doutes manifestés par
M. le curé sur le nom des saints que l'on a voulu représenter.

6

Les Pénitents Noirs à la fête de sainte Chantal.

Extrait du Registre des comptes de la Compagnie de « Messieurs les Pénitens Noirs », de Périgueux, pour les années 1740-1840, in-f°, de 222 feuillets. Couverture en basane noire (1).

f° 57. Année 1768. — « *Etat de la feste de · la canonisation de* Ste *Chantal :*

Pour la sonnerie des cloches de la cathédralle.......	9 l.
Pour la musique	24 l.
Pour les aubois	18 l.
Pour les fuzées.............................	12 l.
Pour la poudre, 13 l. 1/2 à raison de 30 s. la livre...	19 l. 17 s. 6 d.
Pour Mr Boisset, prébendier.....................	1 l. 10 s. ·
Pour présant de cierges à la Visitation.............	12 l. 12 s.
Pour du suif pour les lampions...................	3 l. 14 s.
Pour deux planches de peuplier pour faire les pirami-	
mides pour les lampions.....................	1 l. 15 s.
Plus, autres deux planches pour faire le feu au greffe.	1 l.
Plus, pour les bouquets.........................	12 s.
Plus, trois cent de pointe de Paris................	9 s.
Plus, un cent de clou de latte....................	5 s.
Plus, ving clou de quatre oncle..................	3 s. 6 d.
Plus, pour du cotton	2 s.
Plus, pour de la ficelle	2 s. 6 d.
Plus, pour faire aporter le bois pour le feu..........	13 s.
Plus, pour quatre cercles.......................	3 s.
Plus, pour de la paille	5 s.
Plus, demy cent de clou de quatre ongles..........	7 s.
Autre demy cent clou.........................	2 s. 6 d.
Plus, pour le transport des gros canon à la Citté.....	1 l.
Plus, pour transport des petit canon au même endroit.	8 s.
Plus, autre transport de la Citté à la Visitation.......	2 s.
Total....................	108 l. 3 s. 0 d.

(1) Nous devons la communication de cette curieuse pièce à l'obligeance de M. Hardy.

Report..................	108 l.	3 s.
Plus, transport des canons de la Citté au greffe et chés		
Mr Martin......................................		8 s.
Plus, aux enfans qui ont aidé à faire le feu.........		4 s.
Plus, pour ruban et soye pour garnir la bannière de		
St François de Salle...........................	1 l.	4 s.
Plus, pour des serments (sarments)...............		12 s.
Plus, pour desuner (déjeuner) de M^r les abbés.......	1 l.	5 s.
Pour faire porter les canon de chés Mr Martin à leur		
destinées.....................................		12 s.
Plus, pour les archer de ville.....................	2 l.	8 s.
Plus, pour porter les ornements du chapitre à la		
Visitation.....................................		4 s.
Plus, pour avoir fait les chasis des lampions ou fait		
les deux feux de joye.........................	3 l.	
Pour avoir fait raporter le ornement au chapitre.....		8 s.
Total........................	118 l.	8 s.

7.

Jugement du tribunal révolutionnaire de Périgueux du 3 thermidor an II (21 juillet 1794).

Aujourd'hui, trois thermidor de l'an deuxième de la république française, une et indivisible, le tribunal criminel extraordinairement assemblé dans le lieu de ses séances,

Le président a donné ordre de conduire dans l'auditoire Antoine Lavergne, prêtre, Jean Delord, cultivateur, Léonarde Bruneau sa femme, Catherine Delord, fille des deux précédents, ci-devant novice de la Visitation, et Pierre Bial leur domestique, détenus dans la maison de justice et prévenus, savoir : — Ledit Lavergne, d'avoir été sujet à la déportation et de ne s'être pas rendu dans le délai de la loi pour être déporté ; — et les autres quatre prévenus, ainsi que Jacque Delord fils qui n'a pu être transféré pour cause de maladie, d'avoir reçu et recélé ledit Antoine Lavergne, prêtre réfractaire. Ils comparoissent pour être jugés.

Les accusés sont interrogés et répondent sur leurs noms, âge, profession, demeure, moyens de subsistance, ainsi que sur les délits dont ils sont prévenus. Le greffier tient note de leurs réponses.

L'accusateur public expose le sujet de l'accusation et développe les faits à charge ou à décharge relatifs aux différents accusés.

Après quoi le tribunal criminel a rendu le jugement suivant :

Au nom de la république française, vu par le tribunal criminel le procès-verbal de perquisition et arrestation dudit Antoine Lavergne fait par les officiers municipaux de la commune de Neuvic le 27 du mois dernier, les réponses et déclarations faites par les prévenus, tant devant la municipalité de Neuvic que devant le comité révolutionnaire de Mussidan et à l'audience, le tribunal criminel déclare :

1. Qu'Antoine Lavergne, ci-devant prêtre et vicaire de la ci-devant paroisse de St Silain, est convaincu d'avoir été sujet à la déportation pour n'avoir prêté aucun serment et ne s'être pas rendu auprès de l'administration de son département dans le délai de l'art. 14 de la loi du 30 vendémiaire ;

2. Que Léonarde Bruneau et Catherine Delord sa fille, sont convaincues d'avoir reçu et recélé siamment dans la maison où elles habitaient ledit Antoine Lavergne, prêtre sujet à la déportation et ayant encouru la peine de mort ;

3. Que Jean Delord père, Jacques Delord fils et Pierre Bial leur domestique, ne sont pas convaincus d'avoir recélé siamment ledit Antoine Lavergne.

En conséquence, le président a prononcé que Jean Delord père, Jacques Delord fils et Pierre Bial sont acquittés de l'accusation portée contre eux, et ordonné qu'ils fussent mis sur le champ en liberté s'ils n'étaient retenus pour autre cause.

Et après avoir de nouveau entendu l'accusateur public sur l'application de la loi, le tribunal criminel ordonne qu'Antoine Lavergne, prêtre, Léonarde Bruneau et Catherine Delord seront livrés à l'exécuteur des jugements criminels pour être mis à mort dans les vingt-quatre heures, déclare tous leurs biens aquis et confisqués au profit de la république ; le tout en conformité des dispositions des art. 5, 14, 15, 16 de la loi du 30 vendémiaire et de celle de l'art. 2 de la loi du 22 germinal, dont il a été préalablement fait lecture et qui sont ainsi conçus :

Art. 5. Ceux de ces ecclésiastiques qui rentreront, ceux qui seront rentrés sur le territoire de la république, seront envoyés à la maison de justice des tribunaux criminels du département dans l'étendue duquel ils auront été ou seront arrêtés, et après avoir subi un interrogatoire dont il sera tenu note, ils seront dans les vingt-quatre heures livrés à l'exécuteur des jugements criminels et mis à mort, après que les juges du tribunal criminel auront déclaré que les détenus sont convaincus d'avoir été sujets à la déportation.

Art. 14. Les ecclésiastiques mentionnés en l'art. 10, qui cachés en France, n'ont pas été embarqués pour la Guyanne française, seront tenus, dans la décade de la publication du présent décret, de se rendre auprès de l'administration de leurs départements respectifs qui prendront les mesures nécessaires pour leur arrestation, embarquement et déportation, en conformité de l'art. 12.

Art. 15. Ce délai expiré, ceux qui seront trouvés sur le territoire de la république seront conduits à la maison de justice du tribunal criminel de leur département pour y être jugés conformément à l'art. 5.

Art. 16. La déportation, la réclusion et la peine de mort prononcées d'après les dispositions de la présente loi emporteront confiscation des biens.

Art. 2 de la loi du 22 germinal. A compter de la publication de la présente loi, le recéleur d'ecclésiastiques soumis aux peines énoncées en l'art. 1er sera regardé et puni comme leur complice.

Ordonne que le présent jugement sera imprimé pour être envoyé, lu, publié et affiché partout où besoin sera, et qu'il sera mis à exécution à la diligence de l'accusateur public.

Fait et prononcé à Périgueux, en l'audience publique du tribunal.

8.

Liste des supérieures de la Visitation de Périgueux depuis la fondation jusqu'à la Révolution.

NOTA. — Les dates placées devant chaque nom indiquent les périodes pendant lesquelles la supérieure est restée en charge.

1641–1646	FRANÇOISE-GASPARDE DE LA GRAVE.
1646–1652 ⎫ 1658–1664 ⎭	MARIE-PACIFIQUE COLLET.
1652–1658	ROSE-ANGÉLIQUE D'ANGENNES DE MAINTENON.
1664–1670	MARIE-GABRIELLE DE GONDRAS DES SERPENTS DE LA GUICHE.
1670–1673 ⎫ 1679–1682 ⎬ 1685–1688 ⎭	CATHERINE-JOSEPH ALEXANDRE DE FONPITOU, de Périgueux.
1673–1679	JEANNE-MARGUERITE POULART.

1682-1685	MARIE-LOUISE-YOLANDE DE MARILLAC.
1688-1691 } 1698-1704 }	MADELEINE-AGNÈS DE TESTARD DE LAMBERTIE.
1691	Intérim de six mois. CATHERINE-ANGÉLIQUE D'AUBEROCHE, sœur assistante.
1691-1698	FRANÇOISE-ANGÉLIQUE BRULART, de Dijon.
1704-1710	ANNE-CATHERINE DANDELDAGNI.
1710-1715	MARIE-IGNACE DUBOIS.
1715-1716	Intérim. MARIE-JULIE BOUCHIER, sœur assistante.
1716-1722 } 1725-1731 } 1733-1739 }	MADELEINE-ANGÉLIQUE FAURE.
1722-1725	MARIE-SCHOLASTIQUE PETIT.
1731-1733	MARIE-CHRISTINE DE VARS, du monastère d'Annecy.
1739-1745 } 1747-1753 } 1755-1758 }	JEANNE-MARGUERITE DE LAGARDE, de Périgueux.
1745-1747	MARIE-ANNE-THÉRÈSE DE SIORAC, de Périgueux.
1753-1755	MARIE-HENRIETTE BOUCHIER, de Périgueux.
1758-1764 } 1770-1773 }	MARIE-THÉRÈSE DE SALLETON, de Périgueux.
1764-1770 } 1773-1779 }	ANNE-ANGÉLIQUE DU MEYMY, d'Excideuil.
1779-1785	MARIE-MADELEINE FOURTOU.
1785-1793	MARIE-ANNE-THÉRÈSE DE BOISSEUILH.

9.

Les armoiries données à la Visitation
par S. François de Sales.

Le 10 juin 1611, quelques semaines après avoir reçu à la profession la baronne de Chantal, les sœurs Favre et de Bréchard, prémices de son Institut, S. François de Sales écrivait d'Annecy à Mᵐᵉ de Chantal, alors à Dijon, le gracieux billet suivant :

« Bonjour, ma très chère mère. Dieu m'a donné cette nuit la pensée que notre maison de la Visitation est, par sa grâce, assez noble et assez considérable pour avoir ses armes, son blason, sa devise et son cri d'armes. J'ai donc pensé, ma chère mère, si vous en êtes d'accord, qu'il nous faut prendre pour armes un cœur percé de deux flèches, enfermé dans une couronne d'épines ; ce pauvre cœur servant dans l'enclavure à une croix qui le surmontera et sera gravé des sacrés noms de Jésus et de Marie. Ma fille, je vous dirai à notre première entrevue mille petites pensées qui me sont venues à ce sujet ; car vraiment notre petite congrégation est un ouvrage du cœur de Jésus et de Marie ; le Sauveur mourant nous a enfantés par l'ouverture de son sacré cœur. »

On voit que la modification apportée par la Visitation au monogramme liturgique J. H. S. devenu J. M. S. provient d'une pieuse inspiration du saint fondateur lui-même.

10.

Explication des armoiries du frontispice,

Par M. A. de Froidefond.

1. — François de LA BÉRAUDIÈRE, originaire du Poitou, fut conseiller au Parlement de Paris pendant 18 ans avant d'entrer dans les ordres ; il était abbé commendataire de Noaille et doyen de Poitiers lorsqu'il devint évêque de Périgueux, en 1614. Il bâtit l'église des Récolets à Périgueux, répara l'abbaye de Chancelade, fonda le séminaire, travailla avec zèle à la conversion des protestants à Bergerac et à la restauration des églises ruinées par eux. Ce fut lui qui accueillit les Visitandines à leur arrivée et se fit leur protecteur. Il mourut à 90 ans, en 1646.

Ses armes sont : *Écartelé au 1er et au 4e, d'azur à la croix d'argent dentelée ; aux 2e et 3e, d'or à l'aigle éployée de gueules. L'écu surmonté d'une couronne comtale ; à dextre, d'une mitre de front ; à senestre, d'une crosse tournée en dehors ; sommé d'un chapeau de sinople avec cordons à trois rangs de houppes posées 1, 2 et 3.*

2. — Alexandre de FONPITOU, l'un des promoteurs de la fondation de 1641, maire de Périgueux en 1639, conseiller au présidial, entré dans les ordres après la mort de sa femme, devint père spirituel de la communauté. Sa fille Catherine fut supérieure en 1676. — *D'azur à trois coquilles d'or. L'écu surmonté d'un casque posé en demi-face, posé sur un cartouche d'où tombe une guirlande de chaque côté.*

3. — Saint François de Sales, dans sa lettre du 10 juin 1611 *(V. l'Appendice)* donna à la Visitation pour armes *un cœur de gueules percé de deux flèches et surmonté d'une croix d'argent, avec les initiales I M S* (JESUS SALVATOR, MARIA) *entouré d'une couronne d'épines et placé entre les deux lettres V. J.* (VIVE JÉSUS).

4. — JEANNE-FRANÇOISE, fille de BÉNIGNE FREMYOT, président du Parlement de Bourgogne, célèbre par sa fidélité à Henri IV, sous la Ligue. Née à Dijon en 1572, mariée en 1599 au baron de Rabutin-Chantal, veuve en 1607, fonda avec saint·François de Sales l'ordre de la Visitation, dont le premier monastère fut établi à Annecy, en 1610. Morte à Moulins, en 1641, canonisée en 1767.

Armes : *Parti : au premier, d'azur à trois merlettes d'argent surmontées chacune d'une étoile d'or, au comble de gueules, qui est de Frémyot ; au second, coupé : au 1er de cinq points d'or équipollés à quatre de gueules ; au 2e, d'or à la croix de sable qui est de Rabutin-Chantal ; l'écu timbré de la couronne de baron, d'où pend le chapelet de religieuse.*

Devise des Frémyot : *Sic virtus super astra vehit.*

5. — ROSE-ANGÉLIQUE D'ANGENNES DE MAINTENON (1610-1665), l'une des premières religieuses arrivées à Périgueux, 3e supérieure de la communauté, illustre par sa naissance, ses vertus et son action tutélaire sous la Fronde.

L'écu en losange. De sable au sautoir ou croix de St André d'argent, surmonté d'une couronne de roses d'où pend le chapelet de religieuse.

TABLE